在文学中成长

中国当代教育文学精选

主编：高长梅　王培静

在路上长大

汝荣兴　著

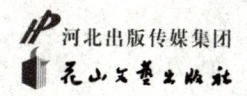

河北出版传媒集团

花山文艺出版社

图书在版编目(CIP)数据

在路上长大 / 汝荣兴著.—石家庄：花山文艺出版社，2013.12(2021.5 重印)

(读·品·悟：在文学中成长·中国当代教育文学精选 / 高长梅，王培静主编)

ISBN 978-7-5511-1525-4

Ⅰ.①在… Ⅱ.①汝… Ⅲ.①小小说 – 小说集 – 中国 – 当代 Ⅳ.①I247.8

中国版本图书馆 CIP 数据核字(2013)第 259041 号

丛 书 名:	在文学中成长·中国当代教育文学精选
主 编:	高长梅　王培静
书 名:	**在路上长大**
作 者:	汝荣兴
策 划:	张采鑫
责任编辑:	于怀新
责任校对:	齐　欣
特约编辑:	李文生
全案设计:	北京九洲鼎图书有限公司
出版发行:	花山文艺出版社(邮政编码:050061)
	(河北省石家庄市友谊北大街 330 号)
销售热线:	0311-88643221
传　真:	0311-88643234
印　刷:	永清县晔盛亚胶印有限公司
经　销:	新华书店
开　本:	710×1000　1/16
字　数:	105 千字
印　张:	8.5
版　次:	2014 年 1 月第 1 版
	2021 年 5 月第 3 次印刷
书　号:	ISBN 978-7-5511-1525-4
定　价:	38.00 元

(版权所有　翻印必究·印装有误　负责调换)

CONTENTS 目录

第一辑 母亲是本书

- 002　妈妈的礼物
- 005　妈妈的生日
- 008　老妈你到一边去
- 011　母与子
- 013　女儿与母亲
- 019　母亲
- 021　母亲是本书
- 023　一支带橡皮头的铅笔
- 025　唠叨
- 027　非常愿望

第二辑　阳光依然灿烂

032　纪念品

035　叶子的心思

039　母亲节的康乃馨

043　发现

045　本分

046　误会

048　红房子

050　远与近

052　功与过

053　空空的天空

055　阳光依然灿烂

057　平平常常的面试

CONTENTS 目录

第三辑　月明星稀的夜晚

062　月明星稀的夜晚

064　玩具手枪

066　在路上长大

069　三色圆珠笔

072　放学的路

075　失踪的钢笔

080　W·C杨

082　角落

084　小撒

CONTENTS 目录

第四辑　风雨中这点痛算什么

- 098　山根
- 100　英雄本色
- 103　12月25日
- 105　外婆的澎湖湾
- 109　倔强的女孩
- 114　风雨中这点痛算什么
- 120　聪明的笨蛋
- 124　快乐的小燕子
- 126　自己会滚的骷髅

第一辑

母亲是本书

妈妈的礼物

今天是 2026 年 5 月 12 日。

今天是我 18 岁的生日。

是的,今天,今天我已经 18 岁了!今天我已经成人了!

此时此刻,多少的往事,多少的感想,多少的酸甜苦辣喜怒哀乐,不禁一齐涌上了我那已经 18 岁的心头……

其实我是个从未见过妈妈的面的女孩。

爸爸说,在我很小很小的时候,妈妈就已经去了天堂。

但爸爸总是不肯告诉我为什么我的生日是 5 月 12 日而不是 2 月 16 日。

实际上,早在读小学二年级的时候,在一个偶然的机会里,我便在我家那本我同样不知道原因而纸张都已发黄起皱、甚至连上面的字迹都已模糊了的户口簿上,知道了我的出生日期其实是 2008 年 2 月 16 日,并知道了我妈妈的名字叫夏中英。

可是,从我懂事起,我却一直记得爸爸给我过生日的时间,总是雷打不动的每年的 5 月 12 日。

爸爸说,反正这一天才是你真正的生日。

爸爸还说,反正你必须永远记住这一天。

好吧,爸爸,我听你的。

事实上,这18年来,我始终是个听爸爸的话的好女儿。

可能正因为如此吧,就在昨天晚上,爸爸满是慈爱地抚摩着我的肩膀,用无比深情的口气告诉我:明天,他要送我一件这世上最最珍贵的十八岁的成人礼物!

现在是下午的14点28分。

哦,此刻,爸爸已经将他的礼物用双手递到了我的手上——

爸爸的礼物用一块洋溢着生命气息的绿布包裹着,外面系着一条同样充盈着生命情怀的红丝带。

我便小心翼翼地先解开那条红丝带,然后一层又一层地翻开那块绿布……

于是,一只现在已经很难见到了的老式的手机,便出现在了我的眼前,而在这只实在是太老式了的手机的屏幕上,竟还十分醒目地显示着这样一行字:

"亲爱的宝贝,如果你能活着,一定要记住——我爱你!"

与此同时,爸爸又让我看放在手机下面的一张显然时间已经很久,又显然保存得非常好的照片——照片上是一片废墟。在这片废墟中,一个年轻的女人,用她那成弓形的身躯,抵挡住了似乎来自全世界的断梁残墙,而她的身下,则安然地睡着一个应该还不满3个月的孩子,孩子的胸口,就放着那只现在已经很难见到了的老式的手机……

女儿,这就是你的妈妈,她的名字叫夏中英。爸爸说。

女儿，这就是我今天要送你的礼物——不，这是你妈妈送你的礼物，生命的礼物。爸爸又说。

女儿，这事发生在18年前的2008年5月12日14点28分……

今天是2026年5月12日。

今天是我18岁的生日。

今天，今天……哦，妈妈，天堂里的妈妈，我最亲最爱的妈妈，请你放心，你那种天底下最无私、最博大的爱，不仅将陪伴我一生，更将指引我去怎样做人、做怎样的人……

然后，双手紧握着妈妈的那只手机，泪流满面的我，对着那张记录着我的生日的来历的照片，给妈妈，给天堂里的妈妈，给我最亲最爱的妈妈，轻轻唱了这样一首歌——

……

噢，妈妈，烛光里的妈妈

你的脸颊印着这么多牵挂

噢，妈妈，烛光里的妈妈

你的腰身倦得不再挺拔

噢，妈妈，烛光里的妈妈

你的眼睛为何失去了光华

妈妈呀，女儿已长大

……

妈妈，相信我

女儿自有女儿的报答

……

妈妈的生日

那一天,为了和家里通个长途电话,我已在这个城市的这家邮局里那一排更衣室似的公用电话机房外,等了整整一个小时。可是还没有轮到我。我还得等。有什么办法呢?那时候可不像现在这样几乎人人都有一个甚至是多个手机呢。

我便只得继续无聊地去翻那本为减轻等待的焦躁,而特意在这家邮局的报刊零售部买下的杂志……

就在这时,我的耳边响起了一个苍老而沙哑的声音:"同志,能替我……写封信吗?"

这声音很显然是冲我而来的。我抬起头来。哦,站在我面前的,是一位年纪在70上下的老太太。只见她两鬓苍苍,两眼正满是恳求地望着我。我几乎是下意识地朝她笑了笑,同时点点头,一边便已拔出了插在上衣口袋里的钢笔。老实说,对于这样一位老人的请求,即使你毫无助人为乐之心,也是绝不忍心拒绝的。

老太太见我已答应,便一边连声说着"谢谢",一边递给我早已准备好了的信纸和信封,甚至连那枚8分的邮票也一起给了我。

"给谁写信,您?"我将信纸铺平后问道。

"我……哦,你就照我说的写吧。"老太太这样答道。

于是,我差不多是一字不差地如实记下了这样一段文字——

妈妈:

今天是您的生日,您好吗?要是我在您身边有多好呀。妈妈,我很想您。祝您生日快乐。我一切都好。妈妈您不用挂念……

女儿小蓉
某月某日

应该说,这是一封相当简单的信。不过,在记录那位老太太所口授的这些平实而又真挚的话语时,我的内心却颇为感慨:这么大年纪的老太太竟还有妈妈!那位妈妈真是好福气呀!还有,你看这位老太太在给她妈妈的信中的落款:"小蓉"。虽然她眼下已是一位不折不扣的"老蓉"了,可她还没有忘记自己的妈妈对自己的昵称呢。哦,这是多么深沉又多么至诚的女儿情哟!

带着一种感动,带着一种美好的祝福,接着,我便开始为那位老太太填写信封。

然而,令我纳闷的是:这老太太让我填写的收信人地址,竟是本市复兴路32号,而发信人地址却是G市——一个远离本市的城市的某机关。

"您弄错了吧,您的地址才叫作发信人地址呀。"看来是这位老太太将自己跟她妈妈的地址给颠倒了,我便停住笔,这样提醒她。

可她却摇了摇头,说:"不,我没弄错。"

这使我大惑不解,就又对她说道:"您,我是说,难道您妈妈就住在本市,而您住在G市?"

"嗯——哦——不。"

老太太点了点头,紧接着又摇了摇头。这可更让我莫名其妙了。这究竟是怎么回事呀?我简直是有点儿不知所措了——我该如何给这位老太太填写那个信封呢?

当然,我仍断定是这位老太太弄错了。这么大年纪的人了,糊涂一时也是合乎情理的嘛。所以,最后,我便自作主张,将老太太所说的那两个地址调了个位置,填写在了那个信封上。然后,我就把信纸信封还有那枚8分的邮票一起交给了一直站立在我身边等着的老太太。

老太太再次向我道了声"谢谢"。接着,她便两手哆嗦着将那张信纸折叠成很工正的长方形,缓缓地塞进那个信封,又踽蹒着走到摆在邮局大厅中央的那个木制的绿色邮件箱那儿,用右手的食指尖蘸了点糨糊,小心翼翼地把信封了口,再端端正正地贴上那张8分的邮票,然后,随一声很轻却又很沉的音响,那封信便落进了邮箱里。

我不禁舒了一口气,一边想象着明天,或许是后天,当那位好福气的妈妈读着她女儿这封纸短情长的信时,该是何等欣喜的情形。我甚至觉得已为她——那位妈妈,也为她——那位女儿,接受了一种温馨的幸福和甜滋滋的天伦之乐……

然而,当我转眼再去看那位老太太时,我却发现这位老太太还站在那个邮件箱旁边,一动不动,似一尊浮雕。

咦?她这是怎么啦?是终于明白了自己刚才将自己和妈妈的地址弄颠倒了,还是忽然间想起了该跟妈妈说又并没有写进信中的某句话?我不由得向她走了过去。待走近了,我又意外地看见,这老太太的脸颊上,竟挂着两颗既清亮又浑浊的泪珠!

"您?!"我顿时像个丈二和尚,被眼前所见弄得摸不着头脑了。

"哦,是你,同志。"老太太被我的那声"您"惊动了,她便慌忙用手将脸颊的泪珠拭去。

"您是不是觉得那封信里还有没写上的话呀?不要紧的,我去替您跟邮局的同志说说,让他们帮助把信拿出来,我可以给您重新写。"我真诚地安慰着她。

但她还是摇了摇头,并且喃喃地自言自语道:"唉,写没写上还不是一样的?这信,本是写给我自己的……"

这……怎么可能呢?怎么会有这样的事呢?我以为是自己听错了,抑或是这老太太说错了。我便十分惊诧地望着眼前这位老太太。她当然看出了我的惊诧。于是,只听她叹了一口气,然后便用苍老而又沙哑的声音,给我的惊诧作着这样的解释:"小蓉是我的女儿。自从那年她考上大学离开我后,便像硬了翅膀的鸟,飞了,飞得见不到她的踪影了……"

老太太没有再说下去。又有既清亮又浑浊的泪珠在她那满是皱纹的脸颊上挂着。而这时的我——我竟没有听见服务台那儿正在喊我的名字,说是已轮到我打电话了。我就那么怔怔地陪着这位让我替她写信的老太太,在那个绿色的邮件箱边上,站立了许久许久……

哦,只是,我不知道那位老太太的女儿小蓉,有没有收到那封本是她妈妈代她写给她妈妈、却因为我的自作聪明而错投给了她的信?

这是一封祝贺妈妈生日的信哟!

老妈你到一边去

"老妈你到一边去。"这是梅子进入中学后常在家里说的一句话。

老实说,这句话第一次从梅子嘴里似乎是很顺畅地脱口而出时,就连梅子自己都感到十分的吃惊:我怎么能对老妈说这样的话呢?老妈听了我的这句话后该有多伤心呵!

15年来,用"相依为命"去形容和概括梅子与她老妈的关系,或许是最贴切不过的了:梅子的父亲先是一直在外地工作,后来又因公殉职离她们母女俩而去,所以,梅子完完全全是由她老妈一把尿一把汗地抚养带大的,老妈既是梅子的娘又是梅子的爹,梅子则是她老妈活着的全部理由和唯一寄托……

然而,对这样一个一直以来都是对自己有求必应,自己对她也始终是百依百顺的老妈,梅子却在自己进入中学后,开始用"老妈你到一边去"来"报答"她了!

但梅子绝不是那种"翅膀硬了,所以一心想着要远走高飞"的女孩,更不是那种忘恩负义、连生她养她的母亲都不再放在心上的女孩。不,在梅子的心目中,老妈不仅过去是、现在也依然是、将来还一定仍旧是这个世界上最值得她信赖和最值得她亲近的人。但信赖和亲近是一个方面,另一方面,梅子觉得如今的老妈在很多时候、很多情况下,又确实是应该"到一边去"了——譬如,现在都什么年代了,可老妈她却还总是抱着肯定是她的老妈教育她的那一套不放,今天跟自己讲诸如棍棒下出孝子的道理,明天给自己说什么金窝银窝比不上自家的草窝的故事……再譬如,男生跟女生在一起有说有笑,实在是一件最平常不过的事情了,但老妈却老是关照自己一定要和那些男生保持距离,强调"女孩子就得有女孩子的样子",还说什么……嗨,不说出来也罢,反正是老妈的那种观点,实在是叫人听后要连耳朵根都发疼呢!又譬如……

不,梅子不想再譬如下去了。总而言之,每每遇到那种时候,那种情况,梅子是不能不叫她的老妈"到一边去"的。梅子也就是在那种时候、那种情况下,才不由自主地说出那句"老妈你到一边去"的话来的。

当然,梅子也有不忍心说这句话,或者是想尽可能不说这句话的时候。就像今天——今天,因为班里正在筹备"五四"联欢会的事,所以,一放学,班里的男男女女7位班干部,便都集中到了地理位置居中又身为副班长兼班宣传委员的梅子家里,准备具体讨论和安排一下联欢会的搞法及节目什么的。实际上,梅子是很清楚老妈不会赞成自己跟男同学在一起,更不会欢迎男同学来她的家的,因此,在来的路上,梅子就已经做好了一旦老妈想干涉她,便将毫不客气地叫老妈"到一边去"的思想准备。不过,在上楼梯的时候,见老妈为省下那3元钱的送气上门服务费,正在满头大汗地自己"呼哧呼哧"往家里搬煤气瓶,梅子便在赶忙上去助一臂之力的同时,忽然咬紧了嘴唇,暗暗地告诫着自己:待会儿,就是老妈要把那几个男同学赶出家门,我也不能,不,是决不能再对她说"老妈你到一边去"的话……

梅子似乎是在忽然间才发现——老妈这一生,实在是活得太累、太苦又太坚强、太伟大了啊!

然后,梅子他们便挤在梅子的房间里,按计划开始了那种讨论和安排。这时候老妈进来了。梅子没想到的是,进来后,老妈竟一开口就这样对她说道:梅子,我希望你今天不要再叫我到一边去了,因为,我在外面听了你们热火朝天的话,所以很想跟你们一起待一会儿,也好让自己年轻一点……

老妈你……听了老妈的这一番话,梅子突然觉得自己的鼻子一酸,接着,她便当着那几个同学的面,一头扑进了她老妈的怀里,就像她还很小很小的时候一样。

母 与 子

2008年5月12日14点28分。

那时候她正在上班。

她是一家棉纺厂的挡车工。

那时候,她正一边专心致志地工作着,一边不由自主地回想着吃午饭时接到的儿子强强的电话。

儿子强强告诉她自己昨天的数学考试又得了全班第一名。

她的脸上便情不自禁地堆满了喜悦的笑意。

同时——也就在这时,随着一阵天崩地裂的巨响,她所在的这家棉纺厂的三层楼的厂房,便在顷刻间成了一片废墟……

她不知道自己是在昏迷了多长时间后才醒过来的。

从昏迷中醒过来的她眼前一片漆黑。

从昏迷中醒过来的她全身布满了疼痛。

在漆黑里,在疼痛中,她艰难地试着抬了抬自己的右手。

这时候,她发现不仅自己的右手竟还能动,而且手中竟还握着吃午饭时曾接过儿子打来的电话的手机。

于是,在无边的漆黑里,在不尽的疼痛中,也不知用了多长的时间,她在自己的手机荧屏上,给儿子强强留下了这样一行字——

儿子,妈妈永远爱你……

2008年5月12日14点28分。

那时候强强正在上课。

强强是初中二年级的学生。

那时候,强强正一边认认真真地在笔记本上记着语文老师的课文讲解,一边不由自主地回想着吃过午饭后妈妈在电话里跟他说的话。

妈妈告诉强强考试又得了全班第一名可不能也不许骄傲。

强强的脸上便情不自禁地堆满了幸福的笑意。

同时——也就在这时,随着一阵天崩地裂的巨响,强强所在的这所学校的五层高的教学大楼,便在顷刻间成了一片废墟……

强强不知道自己是在昏迷了多长时间后才醒过来的。

从昏迷中醒过来的强强眼前一片漆黑。

从昏迷中醒过来的强强全身布满了疼痛。

在漆黑里,在疼痛中,强强艰难地试着抬了抬自己的右手。

这时候,强强发现不仅自己的右手竟还能动,而且手中竟还握着自己先前记笔记时用的那支圆珠笔。

于是,在无边漆黑里,在不尽的疼痛中,也不知用了多长的时间,强强用自己手中的那支圆珠笔,在手边应该就是自己的笔记本的一个本子上,给妈妈留下了这样一行字——

妈妈,儿子永远爱你……

3天后,救援人员分别在那家棉纺厂和那所学校的废墟下找到了她和她的儿子强强。

那时候的她和她的儿子强强都已经没有了生命的丝毫迹象。

然而,哪怕是一万年之后,人们也一定都能清晰地听到这对母子在各自那血迹斑斑的手机荧屏和课堂笔记本的纸上,给对方留下的生命的最强音——

儿子,妈妈永远爱你!

妈妈,儿子永远爱你!

女儿与母亲

窗外的夜色已越来越浓。眼看着母亲那一天比一天浮肿,却又跟这夜色一般越来越没有光泽的脸色,珍珍在自言自语了一声"就这么决定了"之后,便悄悄走出她母亲的病房,骑车来到一直是最要好的高中同学阿秀家里。

"你妈她是不是好点了?"正坐在电脑前上着网的阿秀见到珍珍,连忙关切地问起珍珍母亲的病情来,一边准备去关电脑。但珍珍拦住了她。这同时,珍珍递给阿秀一张自己的照片和另外一张纸条,说:"你帮我把这条信息连同这张照片,一起发到网上去吧!"

"你……你是不是疯了呀?"在看过了那张纸条后,阿秀不由得跳了起来。

原来,珍珍说的那条"信息",竟是要在网上公开拍卖自己那23岁的青春——珍珍的母亲患上了严重的尿毒症,导致肾功能衰竭,只有换肾才能挽救生命,但虽然医院方面已经找到那可换的肾脏,可对于刚刚在一年前的一次车祸中失去了父亲、母亲又已在半年前下了岗的珍珍家来说,那换肾的费用实在是个天文数字,所以,珍珍决定:谁只要肯拿出来她母亲换肾所需要的18万块钱,她就愿把自己的一切都交给谁!

这样的"信息",阿秀当然是不忍心去给珍珍发的。她就想劝珍珍几句。可不等她开口,倒是珍珍先劝起了她来,说:"我们是不是好同学、好姐妹?难道你不想帮自己的好同学、好姐妹去救她妈妈的命吗?"

珍珍接着又对阿秀说道:"你知道我对我妈的感情,只要能换回我妈的性命,就是叫我上刀山下火海,我也心甘情愿……"

珍珍在平静又动情地继续说着,一旁的阿秀早已经听得鼻子发酸、两眼湿润,然后,她就满含着热泪,默默地照着珍珍给她的那张纸条,按起了电脑的键盘来……

第二天一早,阿秀便打开了电脑,这时候珍珍也来了,她们俩就急切地在网上寻找起回音来。

回音倒是不少。有对珍珍的举动表示热情赞赏的,有对珍珍母亲的不幸表示深切同情的,有真诚慰问珍珍母女的……当然也有把珍珍的举动当作玩笑看的,或者是表示怀疑的,甚至还有恶言相加的……

"怎么就没人……"由于一时间没有见着自己所希望见着的,珍珍不禁有点失望起来。这时候,阿秀却忍不住叫了起来:"珍珍你快看!"

原来是终于有人表示愿意和珍珍做这桩"买卖"了。那人说18万算不上什么大数字嘛,那人还说自己很喜欢做这种新鲜刺激的"交易"。可那人又称自己不知道网上的照片究竟是不是珍珍自己的照片,或者说自己还不清楚珍珍到底有没有跟照片上一样的漂亮,所以,那人问珍珍是不是愿意先和自己见上一面,让自己先验一下"货"?

"这个畜生!"看罢这么一则回音,阿秀忍不住气愤得脱口骂出了声来。可珍珍却催着阿秀:"快,你快帮我问他在哪儿见面,什么时候?"

"这样的东西你也想去见?他这明明是黄鼠狼给鸡拜年——不安好

心哪！"阿秀这样告诫珍珍。

但珍珍回答说："只要他肯拿出那18万块钱来……"

也就在这时，阿秀家的电话响了。阿秀拎起电话，话筒那头便传来一个男人的声音，是找珍珍的。"你是谁？找她有什么事？"阿秀不无警惕地问道。一旁的珍珍已知道这是她的电话，就一把从阿秀手中抢过那话筒，说："我是珍珍，你请说吧。"

"哦，我是看到你在网上发布的那条信息后，特地来这儿的，请你告诉我你母亲住的医院的名字，我想和你在那儿见面。"话筒那头的人——一个男人说。

"会不会就是刚才电脑里的那个家伙？"阿秀在旁边提醒着珍珍，她还想对珍珍说些什么，珍珍却已经一口气将她母亲住的医院名字报了过去，同时跟对方说好了具体的见面时间与地点。

"你……"阿秀总觉得珍珍这样做实在太冒失又太冒险了，但又拿她没办法，就只好告诉珍珍说："那我陪你去见那个人吧。"

这之后，珍珍她们便按约定，在医院的大门口见着了那个打电话的男人。

这人说他姓张，看上去有40来岁，长得倒是蛮斯文的样子，鼻梁上还架着副眼镜。让珍珍和阿秀都觉得很意外的是，见了面之后，他只谈珍珍母亲的病情。他甚至还专门去了趟医生值班室，详细地了解了珍珍母亲的有关情况。然后，他就很爽快地问珍珍："那钱是汇到你们自己的账户上，还是直接汇到医院的账户上？"

"你……你决定了？你……你真肯拿出那笔钱来？"珍珍连忙反问道。由于激动，珍珍那漂亮的脸蛋涨得通红，苗条的身子在微微颤抖；又由于实在有点难以相信面前那个姓张的人说的话，珍珍不由得将她那双亮晶晶的丹凤眼睁得滚圆，同时，话也有些说不大连贯了。

接着，见那个姓张的人在微笑着朝自己点头，珍珍便情不自禁地一边流着泪,一边告别似的拉了拉身旁的好友阿秀的手,然后又问那个姓张的人:"那……我们是不是现在就走?"

"走?去哪儿?"

"你说去哪儿就去哪儿。"

"你母亲怎么办?你不想陪在你母亲身边?"

"你说话要算数,我说话也要算数。"

听了珍珍的话,那个姓张的人就上来拍了拍她的肩膀,说:"放心,我说话当然会算数,至于你呢,还是先告诉我那钱该汇到哪儿,然后就回到你母亲的病房里去吧。"

"这……你……"珍珍有些不知道说什么是好了,心里则一下乱了起来——他这到底是什么意思呀?

"我知道你在想什么,"似乎是知道珍珍的心思,他又说话了,同时又拍了拍珍珍的肩膀,道,"其实,你现在只想着你的母亲就够了。"

这时候,那个姓张的人的手机响了。于是,在"对对对……是是是"地接过电话后,他告诉珍珍道:"哦,我公司还有事,马上得回去,所以,你还是快把那钱该汇到哪儿告诉我吧。至于我们之间的事情,等你母亲的病治好后再说吧。"然后,他就像突然记起来似的,从上衣口袋里摸出来一张纸条交给珍珍,对珍珍说道:"对啦,这是我的 E-mail 地址,以后有什么事要联系,你就按这个地址发邮件给我吧。"

说完,他便跟珍珍和阿秀道了一声再见,走了。

"你……"望着他的背影,再看看手里的那张纸条,珍珍一时间很有种自己是在做梦的感觉,就连阿秀也觉得有些不可思议:"这个人好像有点怪呀!"

当然,随着那个连具体叫什么名字都还不知道的人的消失,珍珍的担心也就越来越浓了——是不是一切都这样结束了呢?

但一切并没有这样结束。第二天一早,医院方面便派人来告诉珍珍:

"你母亲换肾需要的钱款已经到位,而且不是 18 万,是 20 万。好啦,后顾之忧没有了,我们一起抓紧做手术前的准备吧。"

"真的?"珍珍就又在刹那间不由自主地产生了那种自己是在做梦的感觉。接着,在狠劲地掐了一把自己的胳膊,证实了一切都是真的之后,珍珍就急忙给阿秀打了个电话,让她赶快替自己给那个姓张的人发个电子邮件,告诉他钱已收到并谢谢他,然后,她便喜气洋洋地把她们已有了钱的好消息,报告给了病床上的母亲……

这之后,珍珍母亲的手术进行得非常顺利,而且,在手术后的第十天,她便能起床活动了。医生说,珍珍母亲已经完全获得了第二次生命!

珍珍的眼泪,就又情不自禁地流淌了出来。

也就在医生肯定她母亲已没事了的这天晚上,珍珍再次来到阿秀家里,第一次亲自动手,给姓张的那个人发了个电子邮件。这之前,珍珍虽然差不多每天都要给他发一个邮件,告诉他自己母亲的手术情况,但那些邮件都是由阿秀帮她发的。"张先生您好!我实在无法用语言来表达自己此时此刻的心情,我只想请您赶快告诉我您的地址,我要来见您……"

珍珍曾经说过自己说话是算数的。她要兑现自己的诺言。她要把自己的一切都交给那个给了她母亲第二次生命的人……

很快,那边的回邮便到了。令珍珍和一旁的阿秀简直没法相信的是,那回邮竟是这样写的——

孩子,我现在的心情,其实也和你一样是无法用语言来表达的。

这里,还是让我先向你和你的母亲表示我最真诚和最美好的祝贺与祝福吧!

当然,看来我也应该告诉你有关我的一些信息了——其实,你见过的那位张先生,他是我的秘书。而我——哦,还是这

第一辑 母亲是本书

样说吧：我的名字叫母亲。真的，我是个有着像你一般大的女儿的母亲！

是的，正因为我是个母亲，所以，当我在网上很偶然地看到你发的那条信息后，我便被你那种无比伟大的爱母之情深深地震撼了，也深深地感动了……

有首歌叫"世上只有妈妈好"，事实上，这世上还有着像你这样好的女儿啊！这是多么令天下所有的母亲都感到欣慰和自豪的啊！

因此，孩子，你其实用不着感谢我，而应该是我感谢你才对；或者说，要感谢，你就感谢你自己吧！

同时，你也没必要记着我所做的这一切。当然，倘若你——倘若你觉得我作为一个母亲还是够格的，那你……那你只要叫我一声"妈妈"就可以了……

还有必要说明的一点是，一开始时我之所以让我的秘书用那种有些可恶的方式联系你，是由于我怕你当初发那条信息时也是有着同样可恶的目的的，因为网络世界情况毕竟有些乱……

一字一句读完这封最终都不知道究竟发自哪里的邮件，珍珍的眼睛已经被汹涌的泪水模糊，就连旁边坐着的阿秀，也早就感动得成了一个泪人，只顾一个劲地感叹着："这实在是太意外也太感人了呀！"

"世上只有妈妈好……"

这时候的珍珍，却不由自主地脱口轻声唱起了这首曾深深地打动了许许多多的人的歌来，同时，只见她已飞快地在电脑键盘上打出了这样两个字来——

"妈妈！"

母　　亲

在那堂语文课上，我给学生布置的第一篇作文的题目，是《我的……》，并提出了这样的写作要求：文章必须写一个人，而且这个人必须是你家里的人，如爸爸啦、妈妈啦、爷爷啦、奶奶啦……也就是说，你文章的实际标题，应该是《我的爸爸》什么的。

那是我新接手的一个班级。我让学生写这样的一篇作文，是经过了考虑又考虑、衡量再衡量的。我很希望能以此来个"一箭双雕"——既可通过这样的一篇作文看出学生的写作功底，又能从中了解些我真的还很不熟悉的每个学生的家庭情况。

从第二天收上来的学生作文看，我的这一目的无疑是圆满达成的。而在全部的48篇作文中，给我印象最深的，是一位名叫王小妮的女生写的《我的母亲》——这是篇堪称文情并茂的好作文，其感情十分真挚强烈，描述非常细腻动人，语言也很流畅优美……我还从中知道了王小妮的母亲不仅长得"谁见了谁都会合不拢眼睛"的美丽，而且"对我的爱是什么都不能替代，是我这一生一世永远也没法报答的"……在文章的结尾处，王小妮还这样动情又深情地写道："母亲，您是阳光，您是雨露，因为有着您这阳光的照耀，有着您这雨露的滋润，所以，纵然我只是一枝小草，最终也一定会长成一棵参天大树！"

说真的，读罢王小妮的这篇作文，一直被丈夫批评为"硬心肠"的我，泪水却如断了线的珠子似的，怎么也忍不住了。

然后，我便在第二天的语文课上，含着眼泪给全班同学朗读了王小妮的作文。

没想到的是，下课后，我前脚刚踏进办公室，语文科代表李丽莉后脚就跟进了门来，而且，她开口就是这样的一句："老师，王小妮的作文是抄来的！"

"抄来的？从哪儿抄来的？"

"我现在还不清楚。"

"那你凭什么说王小妮的作文是抄来的？说话可一定得有根据……"

"我当然有根据——因为，王小妮根本就没有母亲！"

什么？！我一时间真的是有些手足无措起来了。我简直不敢相信李丽莉的话——王小妮怎么可能没有母亲呢？在王小妮的笔下，她是那样的生动可感又真切可信呀！

这时候，李丽莉便一五一十地告诉我，说她跟王小妮是邻居，说王小妮出生才8个月，她的妈妈便丢下她，跟着一个老板到南方去了……

哦，这下我当然是不能不相信王小妮没有母亲的事实了。那么，王小妮的作文到底是不是抄来的呢？她又是从哪儿抄来的呢？

同样是考虑又考虑、衡量再衡量之后，我就将自己实际上还并不认识的王小妮找进了办公室。

王小妮长得很是瘦小，身穿一件显然并不合体的夹克衫——这似乎在为她的没有母亲作着注解。不过，关于那篇作文，她却断然否认自己是抄来的。而当我忍不住将李丽莉告诉我的情况说出口后，她便哽咽着对我说道："老师，正因为我从懂事的那一天起便从来没见过自己的母亲，所以，我时时刻刻都在想象着母亲的样子，都在渴望着能得到母爱的温暖……"

"别说了，小妮，老师……老师我今后一定会像待自己的孩子那样地待你的……"

没听完王小妮那哀怨又深情的诉说,我便忍不住这样对她说道。与此同时,我已情不自禁地一把将王小妮搂进了自己的怀中。

母亲是本书

那天的雨真大,大得就是用"瓢泼"这样的形容词,也是根本没法加以准确地概括和描述的——真的,倘仅仅是"瓢泼",这雨又怎么可能在一夜之间,便将所有可供溜旱冰之用的街道,全变成了能划船的河流呢?

母亲就是在我如此这般地站立于窗前,对着那雨发呆的时候,出现在我湿淋淋的视线中的。刹那间,我便自然是要呆上加呆了:从老家到我这儿虽不算很远,也还有班车可乘,但从家到车站至少得走20分钟,下车后到我这儿又没20分钟不行——光是这加起来的40分钟路,在这么大的雨中,母亲是怎么走过来的呢?

不用说,母亲那虽然撑着伞,却活脱脱刚从河底钻出来一般的模样,已说明了一切。

因此,慌忙将母亲迎进屋后,我就忍不住心疼地脱口埋怨了起来:这么大的雨,你就是有天大的事,也该等这雨停后再来嘛!

嗯,这雨是大了点,好像我活这么大也没见过,可也不过是湿了身衣裤嘛。母亲这样回答我的埋怨。她的口气显得很轻松,甚至,她还边拧着头发梢上的雨水,边笑着告诉我:记得生你的时候,我出的汗也有这么多呢。

然后,母亲便接过我递上的干毛巾,在身上一搭一搭地擦起来,这同时,她的嘴也没闲着,且是换了种沉重的口气,道:嗨,昨天后半夜,大头家那刚上梁的新房子,叫这雨给一下淋塌了呢。

听了母亲这话,我不禁立刻接口道:塌了好!也该塌!这就叫恶有恶报呢!

大头家与我老家是隔壁邻居。半个月前,我表妹特地进城来找我,说是大头家在翻建新房时,竟侵占了我家的地基,而且,当我母亲前去制止和说理时,他们一家居然仗着人多势众,把个已经60多岁的老太太推来搡去的。我为此专门跟单位请了假回了趟老家。那时,母亲在我面前是委屈和伤心得成了泪人呢!

说真的,对于老家的地基被占,我倒是毫不在乎的,但大头家会如此这般对待我那儿子出门在外的母亲,实在是令我气愤至极又耿耿于怀。因此,此时此刻,我心中便难免有种消气解恨的快感。

但母亲似乎和我想的并不一样。在喝了口我倒的热水后,她望着我道:我知道你在银行有同学还有朋友,我这次来,就是想让你想办法为大头他们去弄点贷款,好让他们家把那房子再建起来。

什么?你是为这事才冒了这么大的雨来的?是不是他们叫你来的?

这倒不是。他们也可能还不好意思跟我开这个口。但我知道,昨天半夜的轰隆一声,已让他们完了,他们也肯定是没法借到能把房子重新建起来的钱的,所以……

他们完了,他们借不到钱,都与我无关!

话可不能这么说。总归是邻居,低头不见抬头见呀。

邻居?他们把你当邻居了吗?你难道忘记他们在十几天前是怎

对待你的了?

不忘记又怎么样呢?以前是以前嘛。

不,村里无论谁家有事,我都会尽力去帮,就他们家的事,我懒得费那个心!

说到这儿,我差不多是生起母亲的气来了。

可我没想到的是,这时的母亲,竟比我生她的气还要大地生起了我的气来:就算是我在求你,还不行吗?!

然后,母亲又气咻咻、火凛凛地补了一句:亏你读了那么多年的书,肚皮里却还是小鸡肠子!

这么说着,我发现母亲竟红了眼睛!

我于是慌了,就情不自禁地拉紧了母亲的手,颤着叫了声:妈……

如今,我听说村里人都在夸我到底是个读书人,所以能不讲恩怨,不计私仇。而这里,我想告诉大家的是:没错,我是个读书人。但更主要的,是因为在一个大而又大的雨天,我读到一本厚而又厚的好书——这本厚而又厚的好书,就是我那平凡、朴素又慈祥、宽厚的母亲……

___支带橡皮头的铅笔

那年我8岁。

春节一过,新学期便到了,于是我就又欢欢喜喜地做起了学生来——就读书的压力和负担而言,我们那个时候实在是很轻松的,因此,那时候的我几乎是每天都蹦蹦跳跳地去上学,又蹦蹦跳跳地回家来的。

但这一天——大约是新学期开学还不到一个月时间的一天吧——虽然我上学去的时候依然是蹦蹦跳跳的,可放学回家的路上,我却怎么也不想蹦跳,怎么也蹦跳不起来了,而且,一直到吃晚饭的时候,我还始终耷拉着脑袋,显出一副无精打采的样子。

我的反常自然引起了妈妈的注意。妈妈便一边给我盛饭,一边问我:"怎么了?是不是谁欺负你了呀?"

我摇了摇头。

"那是你做了什么错事,叫老师批评了?"妈妈又问。

我还是摇着头。

妈妈于是有些急了:"那你到底是怎么了吗?"

然后,妈妈就坐到我的身边,摸着我的头,说:"乖孩子,有什么事,你就跟妈妈说说吧。"

这时候,我终于忍不住告诉妈妈道:"阿华有一支带橡皮头的铅笔。"

阿华是我的同桌。阿华这天向我展示的那支由她在县城工作的舅舅送的带橡皮头的铅笔,真的是要羡慕死我了。要知道,我们那时候用的,差不多都是清一色的3分钱一支的铅笔和两分钱一块的橡皮,这种带着橡皮头的铅笔,可是我连见都没见到过的呢!

"带橡皮头的铅笔?还有这样的铅笔?"妈妈显然也没见过那样的铅笔。但很让我意外的是,妈妈接着却拍着我的肩膀,这样对我说道:"放心,你也会有那样一支铅笔的,当然,这要等到你戴上红领巾的那一天。"

听了妈妈的话,这以后,我便不由得每天都暗暗地扳着手指算起了日子来。因为,老师在这学期开学的第一天就跟我们讲过,今年的六一儿童节,我们班里将有3个同学可以戴上红领巾,成为光荣的少先队队员了。也就是说,如果我能在两个多月之后,成为那"3个同学"中的一个,我就可以既拥有那份光荣,又拥有一支带橡皮头的铅笔了呢!

当然,我又清楚这绝不是件容易的事情。全班才3个人哪。但妈妈的话,无疑给了我很大的动力和鼓舞,我从此便朝着一定要做那"3个"中的一个的目标,努力再努力着……

于是,在这一年的六一儿童节那天,我便真的成了班里那"3个"中的一个——在学校举行的隆重的新队员入队仪式上,当校长亲手给我的脖子上系上鲜艳的红领巾的时候,我感到自己是那样的光荣又那样的自豪!

不用说,在这一天,我还同时得到了妈妈不知是托了谁,又不知是从哪儿买来的一支带橡皮头的铅笔。而我之所以至今还要时时想起那样的一支铅笔来,则是由于我总也无法忘怀妈妈在我的向善之心和上进之心的形成过程中所起的巨大作用——真的,作为一个农家劳动妇女,妈妈虽然不可能告诉我多少深刻的道理,也不可能懂得什么科学的教育方法,但她却是一位好母亲,一位名副其实的好母亲。

唠叨

他一直很厌烦母亲的唠叨。

母亲也真是够唠叨的。每次他出门,母亲总会啰嗦个没完:什么路上要小心啦,什么提包要随身带啦,什么饭要吃饱啦,什么夜晚别一个人

走出去啦,等等等等,仿佛他是个三岁的小孩子似的。而一进入秋天,只要听到门外响起了一点风声,母亲就会又一而再、再而三地叮嘱关照个不停:什么你该多穿一件衣服了呢,什么你那双保暖鞋我已经给你晒过啦,所以你快脱下皮鞋穿保暖鞋吧……

"知道啦!我知道啦!"因为厌烦,他就常常会这样回答母亲的唠叨。有时,实在有些受不了,他还会这样顶撞母亲一句:"你别再唠叨了好不好!"

然而,母亲似乎并不知道他的厌烦,对他的顶撞,母亲也总是宽容到了充耳不闻的地步。而她的唠叨声,则始终一如既往地在他的耳边回响着:对了,你那药吃过了吗?医生关照这药一天吃4次,你吃几次啦?还有,你今天给自己量过体温没有?医生要你多喝一些开水你记得吗?另外……

没办法,他便只得每天提早上班,推迟下班。这样就可以少听些母亲的唠叨,耳边清净些。

后来,母亲生病住进了医院。没想到的是,躺在病床上的母亲,尽管已经气息奄奄,可她还是没有忘记她的唠叨:你出来时是不是记得关门呀?你今天早饭吃了什么?你的咳嗽是不是好一点了?

这个时候,他当然是不忍心再去顶撞母亲了,就一律用点头来做回答。但他的心里,其实还是有些厌烦母亲的唠叨的——唉,老人哪!

这之后的一天,母亲终于不再唠叨了——一块白布,严严地盖住了母亲的面容,也严严地盖住了母亲的唠叨……

他叫了一声"妈妈",然后就失去了知觉。

等他醒过来的时候,家里已没有了母亲。

从此,他的生活中便不再有母亲的唠叨声了。但不知怎的,他却突然非常非常想念起母亲的唠叨来了——没有了母亲的唠叨,这家,这日子,是多么的寂寞、孤独和冷清啊!

因此，每次出门时，他总迟迟不想离家——他多么希望能在这个时候听听母亲那"路上要小心"的唠叨呀。秋风乍起时，他手中的那件风衣常常会拿起又放下，拿起又放下——他多么想在听了母亲的唠叨后再把这风衣穿上……

于是，那年的清明这天，在母亲的坟前，他便一再唠叨着一句同样的话："妈妈，我是来听你的唠叨的呀……"

非常愿望

因为刚学完一篇名叫作《愿望》的课文，所以，在接下来的作文课上，我就以《我的愿望》为题，让学生去写写自己的愿望。

当然，按照惯例，在学生正式动手写作之前，我先安排了一个口头交流的环节，请学生先来说说自己将要写的愿望是什么。

一时间，教室里的学生就像那刚打开的蜂箱中的蜜蜂一样，嗡嗡声一片——这个很是庄重地说"我的愿望是长大后要做一个造福人类的科学家"，那个极为严肃地道"我的愿望是将来能成为一名保卫国家的解放军战士"，另一个……

很显然，学生们所说的愿望都有点老套。不过，在这些确实是有些老套的愿望中，又毕竟都寄托着学生们美好的情感和积极的精神呢。所以，我就一边认认真真地听着，一边毫不吝啬地给了这个学生"你的愿望很宏伟,老师愿你的梦想早日成真"的赞扬,又给了那个学生"你的愿望很美丽,老师祝你的理想尽快变成现实"的肯定,同时也不忘这样去鼓舞和勉励大家:"所以呀,为了不让我们那宏伟又美丽的愿望成为一句空话和一种空想,现在的我们,就一定要做到好好学习、天天向上呢!"

然后,我便准备将课堂的环节由说转到写了。

就在这时,我意外地发现,在教室最后面靠右边的那个角落里,还倔强地举着一只小手。

举手的学生名叫杨小山。

这是一个随着打工的父亲,从远在千里之外的西部大山深处来到我们这里的孩子。在平时的课堂上,就像他的名字一样,杨小山是那种更喜欢如山一般保持着沉默的学生。现在见他居然举着手,而且这手还很可能是已经举了不短的时间了,我不由得有些喜出望外,就马上取消了原来那要将课堂环节由说转到写的计划,请他也跟大家说说自己的愿望是什么。

杨小山便站了起来。

"我的愿望是……是要变……变成一只小狗……"

杨小山结结巴巴地给了我又一个意外。不用说,这样的意外,立即就在教室里引起了哄堂大笑。

杨小山的脸,就让大家一下给笑红了。

不过,那阵哄笑过后,我也听到有学生在下面嘀嘀咕咕地赞同着杨小山。

这个深有感触地说:"其实我也很想变成一只小狗呢,因为,变成了小狗,我就不用再这样每天都要背那么重的书包、做那么多的作业了呢!"

那个无比羡慕地道:"是啊,那些小狗的日子过得多轻松、多愉快呀！"

另一个……

"不，我不是因为这……这些才……才要变成小……小狗的！"这时候，满脸通红的杨小山，却这样坚决地打断了别人的话头。虽然他的语调依旧是结结巴巴的，但这结结巴巴的语调里，又满含着如同他先前举着的手那样的倔强。

这无疑是杨小山所给我的第三个意外了。于是，我就带着由这意外所引起的纳闷，这样问他道："那么，你究竟是为什么才想让自己变成小狗的呢？"

"为了我妈妈。"杨小山脱口回答。

接着，已由满脸通红一下子变成满脸泪水的杨小山，竟语调一点也不再结巴地这样告诉大家道："我爸带着我来这里打工，是为了挣钱给我妈治病。我妈的病已得了快3年了。上次我爸带着我回家去时，一直只能躺在床上的我妈说，因为我和我爸都不在她身边，所以，孤单的她很想家里有一只小狗，这样……"

听到这里，满脸泪水的，自然已不再是杨小山一个人了。

当然，请各位放心，有着这样一个非常愿望的杨小山的妈妈，如今已不再孤单了。就在半个月前，在很多很多人的关心和帮助下，她被接来住进了我们这里的医院。于是，不但杨小山每天放学后都可以去看她和陪她，我和我们班里的学生，甚至还有别的班里的许多学生，还包括我们学校的校长，也都常常会捧着鲜花或者是拿着水果，去看她和陪她……是的，我们都愿做那样的一只小狗——一只充满着人性和人情的小狗。

第二辑 阳光依然灿烂

纪念品

母亲从梦中惊醒时,床对面墙上的挂钟的时针才指在"3"字上。母亲再望一眼对面的床上,女儿还睡得很安稳很香甜,均匀的鼻息如小夜曲般轻幽柔和。

"还早着呢,瞧我这用心用计的!"母亲不禁暗暗自语一声,然后便重新熄了灯,又躺下。

但母亲再也没有睡着。母亲又怎么能睡得着呢?虽然今天要出远门的是女儿而不是自己,可正因为如此,母亲便更加的放心不下。倘是自己要出门,到了时候转身走人就得了,反正该注意的、该小心的、该记住的、该……总之是一切的一切自己都懂,都知道,而女儿毕竟才12岁,何况又是第一次在身边没有父母的情况下出远门,她能高高兴兴去平平安安回来吗?所以,在醒来之前,母亲便一直在做着与女儿这次出远门有关的梦,有些梦还显得那么紧张,甚至是那么可怕……

女儿是在快五点半的时候被母亲叫醒的。女儿醒后就边自己穿衣下床,边关照母亲睡自己的觉。女儿说:"我们是6点15分开车,还有45分钟时间呢,保证一切没问题。"

母亲却将女儿的关照和她说的"保证一切没问题"全当成了耳边风。母亲事实上比女儿还要先下床。这同时,母亲又不失时机地重复起昨晚已给女儿说过不知多少遍了的那些注意啦小心啦记住啦来。

"我知道啦,你就放一百个心吧。"女儿边回答边出了房门。

此后,女儿刷了牙,洗罢脸,梳好头,又吃完简单的早餐,便在差5分6点的时候背起自己的小旅行包,准备去车站。这次去三花镇秋游,是女儿所在班级组织的,全班同学说好了6点10分在车站集中,然后出发。

母亲就跟在女儿身后,说:"我送你上车。"母亲同时准备边走边再次重复那些注意啦小心啦记住啦之类。

但女儿并没给母亲机会。女儿伸手将母亲拦在了门口,说:"妈,你真的可以放心嘛,我用不着你送的嘛。"

女儿接着又说:"妈,你不是跟我说过你8岁时就一个人走了3公里路,去镇上给外婆抓药吗?我都已经12岁了呢。"

然后,见母亲一个劲地想"突围",女儿就干脆朝母亲耍起了性子来,只见她将背着的旅行包一扔,说:"妈,你一定要送我,我就不去了,你去吧!"

"这孩子,嗨!"母亲没办法了,只好摇了摇头,又叹了口气,然后就任由女儿自己出了家门。

不过,母亲是不能不送女儿的。尽管母亲也知道自己是没法一直跟在女儿屁股后面的,但能看着女儿安然上车,自己心里头便至少可以多一分安稳呀。再说,从家到车站有近15分钟的路,而且这时间又早,天也还没全亮,要是……

母亲灵机一动,就有了主意:女儿硬是不让送,明的不行,我就来暗的——悄悄地在她身后"盯梢",直到看着她坐的车子开走。

母亲接着便开始了她的"特务"行动。

不巧的是,半路上,母亲遇到了一个早起的熟人,结果,这熟人的一声招呼引起了女儿的回头,女儿于是就几乎朝母亲发起了火来:"叫你别送你还是要送!你再不回家去,我就……"

母亲这回是再也无计可施了。

母亲就只好转身回家了。

然后,从不见了女儿的那一刻起,母亲的心便时时刻刻都在为女儿悬着。特别是上班路上碰到女儿一个同学的家长,听人家说起别的家长全都去车站送孩子了,又说她"你心肠可真是硬"之后,母亲便不由得哗哗哗地眼泪直淌,女儿啊女儿,别的不说,见了同学都有家长来送,你是不是感到很孤单呀?

不用说,这一天中,母亲真的是有种度日如年的感觉……

一直到傍晚6点,女儿他们终于回来了。当然,这回,母亲是早早地便与别的家长一起守候在车站了。

拉着女儿的手走在回家的路上,在为女儿到底是完完整整地回到了自己身边而终于放下了那颗悬着的心的同时,母亲便很想为女儿早上的不让自己送埋怨她几句。

不曾想女儿却先她开了口,而且是显得那样的得意和自豪:"妈,我们班主任说了,今天,全班只有我一个人算得上是长大了,因为,早上只有我是像大人一样自己一个人去车站的!"

这么说着,女儿像是忽然想起了什么来,便停下脚步,从背着的旅行包里掏出来一件十分精巧的工艺品递给母亲,说:"对啦,妈,这是我买来送给你的纪念品!"

这时候,望着女儿红扑扑笑吟吟的脸,母亲不禁一手握紧了那件女儿送她的纪念品,一手搂紧了还矮着自己半个头的女儿的腰,眼里泪光闪闪,当然,那是母亲欣喜的泪,幸福的泪。

叶子的心思

一

妈妈,你去找——找个爸爸吧!

这天吃晚饭时,吃着吃着,叶子突然两眼定定地望着她的母亲,这样说道。

一时间,母亲手里端着的饭碗和那双正准备伸出去夹菜的筷子,便不由得像是被什么给撞了一下似的同时抖了一下。然后,母亲的脸上连忙堆起不怎么自然的笑,佯装训叶子道:傻丫头,尽想些不该想的事!

接着,母亲又故意把话题扯开,一边夹一块鱼肉到叶子的饭碗里,一边问叶子:对啦,我听你说过这星期要数学考试,考了没有呀?

叶子却并没有理会母亲的问话,她依然那样两眼定定地望着她的母亲,同时依然这样对她的母亲说道:妈妈,你去找个爸爸吧……

二

这天晚上躺下后,叶子的母亲始终无法入睡。

母亲在想叶子。母亲的耳畔一直在响着叶子的那句"妈妈,你去找个爸爸吧"。起先,母亲很有些弄不明白叶子突然跟她说这句话的用意,而在想了又想之后,母亲便终于恍然大悟了:这是16岁的女儿——这个从来没见过父亲面的苦命孩子——对父爱的渴望的流露啊!

母亲的眼中不禁一下子噙满了苦涩与酸楚的泪水。可不是,别的孩子除了母亲之外,还都有一个或高或矮,或富或穷的父亲在日夜疼着、宠着、呵护着、关怀着,可叶子,她就连想挨一顿属于父亲的骂都不可能呀!

母亲于是就又想起了叶子的父亲——一个跟叶子一样苦命、都来不及见到女儿出世便让一辆该死的东风牌大卡车夺走了年仅26岁的性命的人儿。这同时,母亲也自然而然地想起了自己这16年来所过的日子——一个没有男人的女人所过的日子,那简直是不能叫作日子的呀!

当然,这16年中,母亲的日子其实是完全可以变成真正的日子的。曾有不少人先后给母亲介绍过这样那样的男人,母亲也曾很是心动地去跟其中的几个人见过面。结果,虽然不乏母亲中意、对方也乐意的人选,但到最后,到如今,为了叶子,母亲终于还是咬紧了牙关,坚持着仍旧孑然一身。一想到到底并不是叶子亲生父亲的男人有可能不会真心诚意地去爱叶子,一想到自己的幸福有可能会建立在女儿叶子的痛苦之上,一想到……不,母亲什么都不敢想也不愿去想了。母亲只愿叶子的日子里无风无雨、晴空万里。母亲只顾着用她的奶水、汗水还有泪水,去哺育、去滋养、去安抚、去慰藉可怜的叶子!

哦,叶子,我的女儿,妈理解你的心思,妈也知道一个爸爸对于一个孩子的全部意义,妈更清楚一个男人对于一个女人的重要作用。但是,你到底是已不可能有一个完完全全、真真正正的爸爸了,所以,为了你不受到哪怕是一丁点的伤害,妈妈我早已是心如止水,你也还是把你的这个心思收起来吧!

这时候,母亲的枕头已湿了好大好大的一片。母亲还很想去叶子的房间,将上面那些话告诉叶子。

三

这时候的叶子,也跟她母亲一样,正在自己的床上辗转反侧着。

叶子是在想她的母亲。叶子还很有点恨自己——恨自己为什么直到如今才会这样去想自己的母亲,或者说是这样去替自己的母亲着想。

是的,叶子要母亲"去找个爸爸",完全是在替母亲着想。

说句心里话,大概是一生下来就没见过父亲面,也可能是母亲一直以来待她实在是太好了的缘故,这16年来,叶子其实从来都没有感觉到自己没有爸爸有什么不好。相反,自从读书以后,倒是每当听见这个同学在怨自己的父亲太凶、那个同学在嫌自己的父亲太烦时,叶子的心里还会不由自主地生出那种类似于幸灾乐祸的想法来——谁叫你们有爸爸呀,看我,实在是要多自由就有多自由、要多清净就有多清净,也要多幸福就有多幸福呢!

叶子的生活真的是自由、清净而幸福的,就像一条有山给围着、有树给护着的波光粼粼的河流。不过,在叶子16岁的这个初夏,她那条自由、清净而幸福的生活河流,终于让一个名叫春生的男生,给搅起了阵阵突如其来又无可抑制的涟漪……

那是在半个月前。

这天放学后,叶子正和春生等几个男女同学一起在教室里做着值日生。突然,可能是最近这几天的晚上看书看得太晚了的原因,也可能跟正好处在生理周期有关,一阵强烈的眩晕袭来,正准备爬上桌子去擦窗户玻璃的叶子,便头重脚轻身不由己地一头朝地上栽了下去。也就在这时,叶子模模糊糊地意识到有一双强有力的手非常及时地一把托住了她,然后,这双手就始终紧紧地抱着她,一直到她进了医院……

没错,那是春生。而且,在叶子此后住院的那三天时间里,春生每天放学后总会来医院看她,来问她今天是不是好些了,来告诉她这一天中上的是什么课、班里发生了些什么事……特别让叶子那颗16岁少女心怦然一动的,是春生在第一天来的时候,还给她带来了一个原本似乎是装什锦果酱的大口玻璃瓶,瓶中插满了他一路上特意采的五颜六色的野花!

这个最朴素不过的花瓶至今仍在,在叶子房间里的写字台上那个最显眼的位置。而只要是一看到它,甚至是一想起它,叶子的心中,便会涌起来一种她以前从未体验过的、有些说不清道不明的别样情感。反正,叶子像是一下子如书中所说的那样长大了,她忽然发现了春生原来是个男生而不仅仅是个同学,她忽然就有了那种所谓异性的感觉;而且,异性间的那种吸引力、作用力、愉悦性、依存性……便如同原本就非常熟悉、只因一直都无缘见面,所以才显得很是陌生的朋友一样,终于是既朦胧又真切地站在了她的面前……

于是,在纯粹的自我感觉之后,叶子的感觉便又有意无意、自觉不自觉,而且是设身处地地转到了她那相依为命的母亲的身上。哦,这16年来,妈妈她除了我之外始终是形单影只,她因此该有多寂寞、多沉重、多苦闷啊!不,妈妈你现在也不过40岁,你还有必要也还来得及去改变、去弥补、去充实自己,去享受那种感觉……

是的,叶子正是在如此这般的感觉的基础上,或者更确切地说是在如此这般的感觉的驱使下,才决定并终于对她的母亲说出那句"妈妈你去找个爸爸吧"。

是的,叶子这绝不是自己想要有一个爸爸。

是的,叶子这完完全全是在替她的母亲着想。

是的,叶子感到自己是十分应该这样去替她的母亲着想的。

是的,叶子甚至还觉得自己已经是替母亲着想得迟了。

是的——不过,妈妈她刚才听了我的话后,为什么并没有显出高兴的神情来,反而还有点闷闷不乐呢?叶子忽然又这样想起来。

叶子也有些弄不明白。同样,在想了又想之后,叶子也似乎是有所醒悟了:是不是我并没有把意思跟妈妈说清楚呀?

于是,再想了又想之后,叶子便起床走出了自己的房间。

四

叶子来到她母亲的房间里。

叶子坐到她母亲的床沿上。

叶子拉着她母亲的手,两眼定定地望着她的母亲。

叶子的眼中,一时间忍不住噙满了亮晶晶的泪水。

然后,叶子一把擦干了那泪水,像是母亲变作了她、她变作了母亲似的,以十分慈爱又十分严肃的语调,这样对她的母亲说道——

妈妈,你去找个男人吧!

母亲节的康乃馨

为什么我在家里总是跟儿子话不投机,很多时候甚至还要弄得像冤家对头一样,而在网上,在聊天室里,我又能和与儿子同样年龄的孩子那样谈得来,甚至可称得上是那样心心相通呢?刘女士真有些不明白,她实在是太不明白了。

刘女士是禾城的一名机关干部,她儿子东东眼下正在读高二。虽说由于做生意的丈夫常年在外很少在家,使得这个家庭好像有点美中不足,可总的说来,一个机关干部的母亲和一个高中生的儿子在一起,应该是其乐融融、有滋有味的吧!

　　当然,刘女士跟她儿子曾经是这样的——不错,是曾经。因为,也说不清楚是从什么时候开始的,刘女士发现儿子东东已不是从前的那个东东了:他老要跟她顶嘴,跟她抬杠,跟她唱对台戏;他总是嫌她唠叨,嫌她管得太多,嫌她不理解别人……"看来你是只会做干部不会做妈妈呢!"一次,在她与儿子为星期六的晚上他到底是不是可以出去"自由活动"的事而脸红耳赤地大吵了一场之后,儿子竟然一边我行我素地坚持要出门,一边在临出门时,硬生生地丢给了她这样的一句话!

　　刘女士忍不住哭了。她又怎么能不伤心呢?所谓可怜天下父母心,而今,我的这颗母亲心,那才真叫可怜呢。

　　也正是从这天晚上起,刘女士开始了上网,并首先进的就是聊天室。她是因为内心太痛苦、太郁闷,或者说是对儿子太失望、太气恼了,才想到进聊天室的。她只想借那个虚拟的空间,去跟虚拟的谁谁谁诉说一下自己心里那种不能不诉说、而跟真真切切的别人又实在是难以启齿去诉说的感受。只是,连她自己都想不到的是,渐渐地,每到星期六的晚上,每当儿子既挡不住又拉不回地自顾自出去"自由活动"之后,那聊天室,居然便成了她唯一的而且是绝不能迟到的去处。

　　那是因为刘女士在那儿结识了一个名叫"鸟儿飞"的男孩。她是在无意中结识他的,说得更具体点,她是由于觉得他的名字取得很有趣才与他"聊"上的。然后,她便知道了他的年龄——跟她儿子东东同年,而且也正在读高二。这就使刘女士不再仅仅是觉得他的名字有趣了。也许我可以通过这样的一个同龄人,了解到儿子东东总跟我不合的一些原因?她想。于是,她便从来没有这样幽默过地给自己取了个"孩子他妈"的名字,做了"鸟儿飞"的固定"聊友"。而"鸟儿飞"对"孩子他妈"显然也很感兴趣。他说他与自己的母亲之间隔着深深的"代沟",所以很想知道别人的母亲是什么样的。

这样,他俩便各自怀着那种有点类似于"同是天涯沦落人"的感觉,一到星期六的晚上,就在约定的时间,在那聊天室里"见面"了。

当然,一开始时,刘女士对"鸟儿飞"的感觉并不好。他活脱脱就是另一个东东啊!唉,现在的孩子,什么"代沟",明明是他们不理解也不珍视父母的那颗心嘛,还总是强词夺理!刘女士曾毫不客气地跟"鸟儿飞"说过自己的这种感觉,同时,她也从"孩子他妈"的角度,跟他说了自己的苦闷。没想到的是,他能够耐心地听完她的诉说,而且还会不时友好地插进来说几句——或者是表明自己的不同看法,或者是说他原本还真不知道,一个母亲会为了她的孩子作那么多的牺牲……瞧,这孩子到底不像东东,他可要懂事得多呢。

刘女士于是就喜欢上了"鸟儿飞",又由于喜欢,她也就对他的不少苦闷也渐渐地有了或多或少的理解……就这样,刘女士觉得自己又有了一个儿子,而且是个不再与她话不投机,更不是冤家对头的儿子。确实,随着"聊天"的深入,更随着相互间的宽容、谅解与信任的加深,她跟"鸟儿飞"差不多都有些离不开对方了。于是,那天晚上,聊着聊着,她还干脆提议让"鸟儿飞"做她的干儿子,而他,则爽爽快快地立即"叫"了她一声"干妈"……

哦,要是东东能像"鸟儿飞"这样善解人意,那该多好啊!刘女士便常常会不由自主地这样想。平时,她甚至是想"鸟儿飞"的时候要比想她的东东的时候更多了。

终于,这天晚上,在"听"了"鸟儿飞"的一句"这几天的天一忽儿晴一忽儿雨的,干妈可要小心别着凉"后,刘女士便产生了一种很是强烈的冲动,她告诉"鸟儿飞"说:"干妈想见见你。"

"那好呀,就在明天吧?明天是星期天。"他马上这样回答。或许他也很想见她。

"那我们在哪儿见面好呢?"她问。

"就在……就在人民公园门口吧?"他提议。

"好,就这样定了。"

不过,刘女士又马上想到了一个新问题:"我们还没见过面呀,我们怎样才能从人群中认出对方来呢?"

"那,那我们就跟地下党接头时一样,手里各拿点东西吧。"

"好聪明的干儿子!只是,我们拿什么好呢?"

"这样吧,你拿一张《足球报》,我拿一枝康乃馨。"

"为什么要我拿《足球报》呀?"

"干妈你忘啦?我说过我最喜欢足球嘛。"

"那你拿康乃馨又是什么意思呢?我可是个半老太婆了,又不是个女孩子。"

"这个嘛,干妈到时候自然就知道了。"

"好,一言为定!"

"一言为定!"

这天晚上,刘女士没睡好。她又怎么能睡得好呢?因此,第二天早上起床后,她的眼睛便有些红。但她的精神却格外得好。她甚至在离与"鸟儿飞"约定的时间还差着近两个小时的时候,便准备出门了。不过,她又很快转过身来,同时显出了着急的神色,因为她差点儿忘了一件十分重要的事情——她得手里拿着一张《足球报》,而一向连踢足球需要多少人都不知道的她,又该去哪儿得到这张报纸呢?

所谓急中生智吧,忽然,刘女士依稀记起来儿子东东好像常买那张报纸的,于是,她就连忙走进儿子的房间去找。

"你要这报纸做啥呀?"不知正在准备着什么的东东,显得很是意外地问她。

"哦,我……我也想看看。"

这样说着,刘女士就生怕迟到似的,急匆匆地出了家门。

只是,刘女士这天并没有见着"鸟儿飞"。她左等右等,一直等到都超过那约定的时间两个小时了,她都没能见着手里拿着康乃馨的男孩出现。

不用说,刘女士是怀着那种怅然若失的心情回家来的。她不知道"鸟儿飞"为什么会失约。她还真有点担心……因此,在她将钥匙插进自己家门锁的时候,她简直已有些有气无力了。

但那门,却在她转动手中的钥匙前,便自己开了,这同时,她清晰地看到了儿子东东那张难得的笑脸和他手里拿着的一枝鲜艳的康乃馨,并听到他有点哽咽地说着这样一句话:"妈,今天是母亲节……"

发 现

那一年,当张三在无意中走进那个溶洞,见到里面怪石林立、曲径通幽的奇异景象时,他可着实是激动了好一阵子的,这里实在是别有洞天呀!

然而,在将那奇异景象看了个够后,从溶洞中出来的张三,却根本没想过要把自己的发现告诉别人,而只是在以后自己心情烦闷的时候,又一个人悄悄进过几趟这溶洞。他把自己的发现仅看成是一处供自己消愁散心的所在。

与张三相比,他的儿子张四在见着那个溶洞后,倒是很有一番发现者的心跳的。张四也想到了该把自己的发现告诉别人,他甚至还设想过别人很可能会因为他发现了这个溶洞,而将他称为英雄什么的。

但张四最终也还是没把自己的发现公之于众。因为他想:这个溶洞显然已存在很久很久了,没准别人个个都已在我之前见过它——要是那样的话,我还把这当作稀奇事跟别人去说,那可只会被别人看我的稀奇,笑话我少见多怪、大惊小怪呢……

就这样,一年又一年过去了。这期间,自然曾有一个又一个人进过那个溶洞,可他们又全都进则进矣,看则看矣,自己进过了,看过了,对外却个个无声无息。

因此,那个怪石林立、曲径通幽的溶洞,也就始终只是一回又一回地被人发现,又一回又一回地被发现者埋藏在了各自的心间。

不过,前不久,当张三的孙子的孙子的孙子……也就是那个名叫张千万的人见着那个溶洞后,他却是不假思索地便将自己的发现逢人就讲了。结果,那个溶洞就终于在一夜之间成了当地的一大爆炸性新闻,继而又使有着如此一个奇异无比的溶洞的本地,立马成了蜚声遐迩的旅游胜地……

据专家考证,那个以发现者的名字命名的"张千万溶洞",形成至少已有数……数不清多少年了。

本 分

就经济条件而言,我当然不是——甚至也不可能是——那种富人,但是,每当在家门口或者是路途中,遇上那些真正的乞丐(我指的是那些在我看来是确乎贫困,且又丧失了劳动能力的乞丐)时,我一般总是会或五毛或一元地施以援手的。

我觉得,自己这样做是一种为人的本分。我也相信,那五毛或一元钱,是能够带给人一种人间的暖意和温情的。

所以,那天,当我在菜场的停车处,见到那个年纪应已七十开外、一头乱蓬蓬的白发上十分明显地写满了生活的凄苦与沧桑的老乞丐后,我就不假思索地立即将手伸进自己的口袋,从中摸出来一枚印着一朵盛开的菊花的银白色硬币,然后连同我那由衷的微笑,一起放在了他干瘪、粗糙又苍白的手中。

然后,我便转过身,准备进菜场去买我的菜。

但他却在这时叫住了我:"哎,你,好心人,你等等!"

我不知道他还有什么事。当然,我很快就又转过身来。

于是,只见他将一张粉红色百元纸币,一下放到了我的手里,也连同他那由衷的微笑。

"这……"我实在搞不清楚这是怎么回事。

他就继续微笑着告诉我道:"这是你的钱呢,是你刚才从口袋里掉下来的。"

我不由得下意识地又将手伸进了自己的口袋——果然,我出来时特意放进口袋、以备不时之需的那张百元纸币不在了!

我已经说过我并不是那种经济上的富人。所以,我对那位老人这种也完全称得上是拾金不昧的举动,真的很是感激。我不禁紧紧地一把握住了老人那只干瘪、粗糙又苍白的手。然后,我就再次将手伸进自己的口袋,从中摸出来约莫有二十来元的零钱,想作为一种交换或者说是报答,再给这老人。

但他无论如何都不肯接受。他说:"不不不,你已经给过我了呢。"

推来推去到最后,他又非常坚决而且是非常郑重其事地这样对我说道:"咳,我把这钱还给你,是我的本分呀……"

误 会

那天下班回家的路上,一直专心致志骑着车的我,在一次偶尔的抬头时,意外地发现马路那边一个与我逆向而行的骑车人,正在冲我微笑,且还朝我道了声"你好"。当时,我几乎是不假思索地立刻便回了对方一个微笑,同时也朝对方说了声"你好"。

但这之后,我又不禁纳闷起来:那个冲我微笑并跟我说"你好"的人是谁呢？从他那友好的表示看，他显然是认识我或者至少是跟我见过面的，可我怎么就想不起来他的姓名，或者是曾经跟他在哪儿见过面呢？

当然，也可能是自己记性差，将这个原本认识的人给忘了。想到这里，我就放慢了骑车的速度，转过头又望了一眼那人的背影，同时在脑海中竭力回忆着刚才所见过的他的容貌，以便从今往后能牢牢地记住他，在下次再见到他时能主动地向他表示我的友好。为此，在我后面的那个骑车人，还差点儿将我连车带人给撞翻呢……

事实上，在第二天的同一时间里，我又见到了他。那时候，还是我在马路的这边骑着车，他在马路的那边骑着车。当然，这一回，没等他有什么表示，我便抢先冲他友好地笑了笑，同时朝他道了声："你好！"

此后，大概是两人所在的单位和所住的地方都正好反方向的缘故，我和他几乎天天都能在下班回家的路上相遇。不用说，每次见面时，我们之间是少不了要互送一个微笑，互道一声"你好"的。只是，尽管时间过去了一天又一天，也尽管我们俩无疑已跟老熟人一样了，我却还是没能记起来他到底是谁以及他叫什么名字。

好在接着的一个周末，在一家商场里，我和他终于走成了面对面。

于是，在热情地微笑、问候并伸手去与对方相握的同时，我便老老实实地告诉他：真是对不起，我怎么也想不起你的名字了，那天，要不是你先招呼我，我肯定会把你当成一个陌生人呢。

我们确实是陌生人呀！他的这一回答实在让我惊诧。

接着，他就又告诉我：实际上，我那天招呼的，是你后面的那个人，他是我高中的同学。

这么说，我们现在的认识，完全是缘于当时的一场误会？

是啊，人们总是害怕误会，但事实上，误会未必全是坏事。只要胸怀真诚，心存善意，一场误会，还可能使两个陌生人变成朋友呢！

这么说着,他便爽朗地笑了起来,我也忍不住笑得极开怀。这同时,我们还都用足了劲,摇着握在自己手中的对方那热热的手。

红房子

走进那间房子后,他便信步来到窗前,随手推开了那扇紧闭着的、玻璃上糊着报纸蒙有蛛网的窗户,接着,他就一下怔在了那儿,并忍不住脱口叫出了声来:啊,多美呀!

窗外是一片树林,郁郁葱葱之中,还耸立着一幢艳艳的红房子,犹如树林的眼睛,又仿佛青春少女的朱唇,实在醒目,也实在让人惊羡……

于是,他当场朝陪同他前来看房子的单位领导满意地点了点头,表示他已决定住这儿了。

实际上,单位的空房子有好几处,而且,无论是地段还是面积还是设施,这儿都不是最好的。可他的决定却做得十分的坚决和果断——都是因为窗外树林中的那幢红房子。他相信,能享受到由那幢红房子带来的美丽,是自己的造化。

因此,自搬进去以后,所有在房间里的时间,他几乎全是面对着那幢红房子度过的。他不仅早已撕掉了糊在窗玻璃上的报纸,拂去了那儿的蛛网,而且总是一天到晚地开着那扇窗户。他时常对着那幢红房子读书听音乐。他洗衣服也总要拿到窗户前来,面对着那幢红房子进行。他还干脆将自己的床也搭到了窗前,并专门去外边找来砖头,垫高了床位,这样,即使是躺在床上,也能保证他的眼前,总有那万绿丛中一点红的景致……

美!这红房子真是太美啦!

他一次又一次地这样感慨,一次又一次地这样陶醉。

就这样,他已在那间房子里住了整整一年的时间,赏心悦目了整整一年时间。

不过,到了现在,虽然窗外那片郁郁葱葱的树林还在,那幢艳艳的红房子也依然耸立在那儿,可不知怎的,他是越来越懒得再去看窗外了。

他还将原本用以垫高床位的那几块砖头,都扔到了门外。他的那扇正对着那幢红房子的窗户,也不大见开了。甚至,他也给那窗玻璃糊上了报纸。而且,还常常能听见他在这样哀叹:枯燥乏味,实在是太枯燥乏味了……

这天,有位多年未见的朋友来看他。

那朋友在走进他的房间后,便下意识地大摇其头,一连感叹了好几回的"第三世界,太第三世界了,你老兄住的也实在是太第三世界了"!不过,当这位朋友来到窗前,并在不经意中顺手推开了那扇窗户之后,却又立刻显出了如痴如醉的神情,同时也像他当年一样,忍不住一下脱口叫出了声来:啊,多美呀!

美?哪里有美?这儿还会有美?他闻声也走到了窗前,却很是不以为然,甚至还显得有些莫名其妙。

朋友于是就一边用贪婪的目光望着窗外那万绿丛中一点红的景致,一边埋怨他:你老兄可真是身在福中不知福呀!

福?我有屁福!他却坚持这样认为。

然后,他就借着突然吹来的一股风,"砰"的一声关上了那扇窗户,也"砰"的一声,将那幢曾经令他那么欣喜、那么陶醉的红房子关在了窗外。

远 与 近

那山其实在极远处，可它在张三眼里，却是近得很，望都望得着的地方，能算远吗？

因此，当死去的父亲于梦中告诉张三，在那座山的某块岩石下面有一批珠宝可取的消息后，张三便兴高采烈又信心十足地计划起了上山的事来。这同时，由于梦中的父亲再三叮嘱那些珠宝必须有两个人前往方能取到，张三就很是认真地选择起了同行者来，是李四？还是王五？还是赵六？还是周七？还是吴八？

李四、王五、赵六、周七、吴八都是张三身边的人。当然，张三得从中选择最可靠的人。

于是，经过了比较又比较，权衡又权衡，考虑又考虑，三天三夜后，张三最终做出了选李四为自己的取宝搭档的决定。无论从哪个方面去看，李四都是我张三最亲近的人呢。

然后，张三就和李四一道上了路。

途中，张三忍不住推心置腹地跟李四讲了自己选择他共同发财的缘由。为此，李四拍着张三的肩膀，道："是嘛，咱哥们儿谁跟谁呀，你老兄的眼光，简直比伯乐还要伯乐呢！"

李四甚至还将自己一直秘而不宣的情人是谁，都跟张三说了。这便使张三一路上心情更加舒畅了。

不过,这一路上,又叫张三感慨颇深。咳,原以为很近的路,怎么会过了一村又一村,走了一天又一天,那山却总是看着就在眼前,但老是到不了呢?

所以,在好不容易——这过程中,张三他们当然历尽了千辛万苦——到达那座山,又好不容易找着了父亲在梦中指点过的那块岩石,并当真在这岩石下见到了一大堆的金银财宝后,欣喜若狂之余,张三又不禁边回头望着走过来的路,边脱口叹道:"哦,看上去那么近,却原来有这么远啊!"

也就在这时,令张三怎么也想不到的是,身旁的李四,竟突然从怀中掏出来一把显然是事先就准备好的尖刀,"扑哧"一下,便插进了他的胸膛,并冷笑着告诉他:"是啊,回去的路也同样远呢,所以,你还是省点力气,永远地留在这儿算了吧!"

这么说着,李四便一边哈哈哈哈狂笑着,一边独自往一只大口袋里装起那些财宝来。

这时候,已经有气无力的张三,就只能眼巴巴看着李四,同时,只听见他显得痛苦万状地这样喃喃了一声:"唉,看上去那么近,却原来有这么远啊……"

功 与 过

那一天,传达室的老张,提前10分钟拉响了下课铃。

下课后,传达室里便闹了一场"地震":赵、钱、孙、李、周、王六位老师,团团围住老张,同时七嘴八舌——

赵老师说:"张老头,你怎么搞的?我完不成教学进度你负责!"

钱老师说:"我完不成教学进度你负责,张老头!你怎么搞的?"

孙老师说:"你怎么搞的,张老头?我完不成教学进度你负责!"

李老师说:"张老头,我完不成教学进度你负责!你怎么搞的?"

周老师说:"你怎么搞的?我完不成教学进度你负责,张老头!"

王老师说:"我完不成教学进度你负责!你怎么搞的,张老头?"

对此,老张很想作些解释,可看着老师们忿忿然的神情,他就只好把想要说的话咽回到肚子里了……

这一天,传达室的老张,又提前了10分钟拉响了下课铃。

下课后,这一带闹了一场地震。好在下课了,师生们都在室外。

于是,赵、钱、孙、李、周、王六位老师,便再次将老张团团围住,且还是七嘴八舌——

赵老师说:"张师傅,谢谢您!我的性命是您给的。"

钱老师说:"谢谢您,张师傅!我的性命是您给的。"

孙老师说:"我的性命是您给的。谢谢您,张师傅!"

李老师说:"张师傅,我的性命是您给的。谢谢您!"

周老师说:"谢谢您!我的性命是您给的,张师傅。"

王老师说:"我的性命是您给的。张师傅,谢谢您!"

对此,老张也很想作些解释,但面对着老师们至诚的感激之情,他便终于将想要说的话,又咽回到了肚子里去了……

空的天空

这天傍晚时分,一个正在广场中央走着的中年男人,在抹了一把自己的鼻子后,突然朝天空昂起了头!

"咦,他在看什么呀?"中年男人的这一举动,立刻引起了走在他后面的那几个人的注意。于是,他们一边好奇地相互询问着,一边学着那中年男人的样子,也都一下将头抬向了天空……

这样,就轮到走在那几个人后面的人觉得新鲜了。"瞧,天上一定有什么好看的东西,所以他们都在看呢!"这么议论着的同时,这些人就也不由自主地停住了脚步,然后便朝天空昂起了头……

这之后,就像是得了传染病一样,只见这边的人都在抬头看天,那边的人也同样全将目光移向了空中……

一时间,整个广场便变成了一个大鸟窝,广场上的男男女女、老老少少,就好像是鸟窝里那些正在盼着老鸟来给它们喂食的小鸟一样,个个都对着天空伸着长长的脖子,这同时,大家还你一言我一语地在说着这样的话——

"喂,是不是有飞碟呀?"

"哦,东南方那个亮亮的东西是什么呢?"

"噢,我怎么什么也没看见呀?"

"哈,我看见了,在西北方!"

"哇,西北方真的……"

也就在这时,最早朝天空昂起头的那个中年男人低下了头,接着,在又抹了一把自己的鼻子后,他一边自言自语了一声"好了,没事了",一边很是不解地问旁边的人:"哟,你们这是在看啥呀?"

"哎,该我们这样问你才对呢,你到底在看啥呀?我们是见你在看,才也跟着看的呢!"

听了这样的回答,这个因为刚才鼻子突然出血而将头昂了起来的中年男人,先是差点儿要笑出声来,接着,在望了一眼那些如正在盼着老鸟来给它们喂食的小鸟一样的人们以后,他一边若有所思又若有所悟地摇着头,一边悄悄离开了那个人山人海的广场。

阳光依然灿烂

这是阳光灿烂的一天。

这天,杨家村杨老三的脸,实际上要比那天上的阳光更加灿烂。因为,这是杨老三将自己的养鸡场正式改为鸵鸟养殖场的日子呢。

大家都知道养鸵鸟要比养鸡更能赚钱。也就是说,这天那灿烂的阳光,是在预示杨老三的日子从此将更加红火呢。

说起来,杨老三可早就是杨家村的"致富明星"了。他有一个人人都知道的外号叫"养鸡精"。他也真是个"养鸡精"。几年来,他从养一只老母鸡起家,用鸡生蛋蛋生鸡、鸡再生蛋蛋再生鸡这一既是笨得不能再笨、又是聪明得没有比这更聪明的办法,渐渐地,就将自己"养"成了远近闻名的养鸡专业户,从他这儿出栏的各种各样的公鸡、母鸡、芦花鸡、乌骨鸡,由于肉质细嫩、味道纯正(这与杨老三所用的饲料都是他自己制作的实打实的"绿色"饲料有关),不仅在当地市场上是供不应求的抢手货,还成了县城乃至省城几十家大饭店的"专供鸡",这些大饭店的白斩鸡、盐焗鸡和龙飞凤舞特鲜煲(一道以蛇段和乌骨鸡块为主原料烹制而成的菜)等招牌菜,都只有用他杨老三养的鸡去制作,顾客才认可,那些老顾客,甚至只需看一眼那道菜的色泽,就可断定这究竟是不是他杨老三养的鸡……

是啊,都说杨老三其实已是富得冒油了呢。不过,他还想更富。于是,根据最新的市场行情趋势和朋友的建议,同时,在进行了一番必要的参观考察和筹办后,杨老三便很是干脆利落地清空了他的养鸡场,决定将他这些年来养鸡所赚的钱,全部都转投到兴办比养鸡更能赚钱的鸵鸟养殖场上。

你瞧,在灿烂的阳光下,杨老三那个新建的鸵鸟养殖场是多么的气派呀!那舒适的"鸟窝",那宽广的场地以及四周围那坚固的铁丝网……当然,更气派的,还是那40只此刻正在灿烂的阳光下"闲庭信步"的鸵鸟。据说这些鸵鸟的老家都在非洲,每只的价值要5000多元。此时此刻,这些原本生长在草原和沙漠地带的鸟中之王,显得是那样的伟岸,那样的高傲,那样的……

眼望着这些宝贝,杨老三不由得暗自笑了起来,比阳光更加灿烂地笑了起来。哦,从今往后,就让它们也去鸟生蛋蛋生鸟、鸟再生蛋蛋再生鸟吧!哦,再过几年……嘿,杨老三都有些不敢去想象那美丽的前景了呢。

不过,真所谓人算不如天算,3个月后,一切却都成了泡影。也不知道是什么原因,在前后不到一个星期的时间里,杨老三所养的那40只曾显得那么伟岸、那么高傲的鸵鸟,竟接二连三地先是什么东西都不吃,随后就一只只直挺挺地倒下了!

倒下的,还有杨老三那曾经比天上的阳光更加灿烂的心情。

于是,所有认识的和不认识的人,便都满是同情地说杨老三这个"养鸡精"这下可算是完了。是啊,那倒下的,可是他杨老三全部的家当呀!就连村里、乡里甚至是县里的领导,也都为此前来慰问杨老三,劝他要想开点。

当然,一开始,杨老三可实在是很难想开的。自己辛辛苦苦办起来的鸵鸟养殖场,怎么会就这样没了呢?那些看起来是那么健壮、那么活力四射的鸵鸟,怎么会就这样说死便死了呢?

一夜之间,大家就都看到杨老三的头发差不多全变白了。

不过,等到人们满怀着同情地再次前去看望他,同时准备再次好好地劝慰他时,大家却发现他居然又是笑嘻嘻的了!

他还一个劲地跟人们说着没啥没啥。

没啥?那可是几十万的损失呀!人们说。

哪里,我实际上不过是损失了一只老母鸡罢了。杨老三却这样回答。

接着,他就笑嘻嘻地这样向人们解释道:没错,我一下子是损失了几十万,但我的这几十万不全是靠一只老母鸡得来的吗?所以呀……

然后,杨老三便若有所思又若有所悟地这样自言自语道:其实,对我来说,这也还是件好事呢,用一只老母鸡买个教训,让我知道了我适合去做什么、不适合去做什么……

这样说完,杨老三就下意识地弯下腰去,将他新买回家来的一只刚开始下蛋的母鸡紧紧地抱在了怀中。

这也是阳光灿烂的一天。

没错,这一天,阳光依然灿烂。

平常常的面试

星期一的早晨,单有良天刚亮就起了床,接着,在刷完牙、洗罢脸,又匆匆忙忙地吃了点早饭之后,他便一个劲地看着自己的手表,嘴里还不停地在这么自言自语:"还只有六点半呀,时间怎么过得这么慢嘛!"

没错,单有良在等时间,而且,这一时间对单有良来说又是显得那样的重要。10天前,刚从大学毕业的单有良,参加了一家他很中意的公司的招聘考试,并以优异的成绩通过了书面考试这一关。但这仅仅是初步的胜利而已,今天8点钟才是关键。今天8点钟,公司要对通过书面考试的30位应聘者进行面试。实际上,该公司此次的招聘录用名额,只有一个。也就是说,单有良现在是真正到了"生死存亡"的时刻,所以,也怪不得他要显得这么激动和焦急呢。

现在,手表上的指针好不容易走到了七点半的位置。单有良便连忙理了理头发,又整了整衣裳,然后噔噔噔跑下楼去,跳上自行车……

其实,单有良也用不着这么慌忙,因为,在面试者名单的排列顺序中,他是最后一个,而且,在轮到他进去面试时,那面试的场面及主考官提出的问题,也根本不像他原先所想象的那样紧张和复杂。主考官只是个年纪比他大不了多少的年轻小姐(听说她是公司老总的秘书),而她提问的内容,也无非是叫什么名字,今年几岁了,是哪所学校毕业的,有什么特长,为什么来本公司应聘,如此,实在是简单得很呢。

因此,在轻轻松松地回答完了一切之后,单有良还不由得暗暗地笑起了自己来:我真是没见过世面呀,自己把自己弄得这么紧张!

不过,这么笑完之后,单有良又不禁有些疑惑起来:难道面试真的就这么简单吗?要是真的就这么简单,30个人中,又怎么能分出高低来呢?要知道,那些问题,显然是谁都能百分之百准确无误地回答出来的呀!

就在这时,只见那小姐笑吟吟地走上前,递给单有良一个已封了口的公文袋,说:"面试已经结束,麻烦你把这份材料送到8楼的总经理办公室去吧。"紧接着,小姐又补充说:"对啦,楼里的电梯今天正好坏了,所以,只好辛苦你从楼梯上去了。"

面试室是在一楼,从一楼走到8楼,当然不是一件很轻松的事情。

但这一路上,单有良倒并没有去想轻松不轻松的问题,而是脑子中始终在继续着先前的疑惑:面试就这么结束了?如此简单的面试方法,又怎么能将面试者区分出个优劣胜负来呢?

这么疑惑着,单有良已走到了4楼。正当单有良过了楼梯的拐弯处,准备继续上5楼的时候,他看见一个白发苍苍的老人,一只手里拿了个拖把,另一只手拎着一桶水,正在上5楼的楼梯上艰难地行进着,这老人显然是公司的清洁工。但不知怎的,见了他,单有良忽然就想起了自己的老父亲来,于是,他便二话没说,上去一把接过了老人手中的那桶水,道:"大爷您歇歇吧,您要上几楼?我帮你拎上去。"

"不用不用,这样的活本来就是我干的嘛。"老人回答说,同时想从单有良手里重新接回那桶水来。

但单有良没有松手,他还对老人说道:"大爷您别客气了,反正我的手空着也是空着呢。再说,我这也是顺路嘛。"

就这样,单有良拎着那桶水在前面走着,那大爷在他后面跟着。他们先是到了5楼,接着又上6楼,然后再上7楼……而且,单有良一边走,一边还跟老人聊起了家常:他问老人今年几岁了,身子骨是不是硬朗;又问老人家里有几个人,日子过得是不是还可以;还关照老人日后碰上电梯停电得拎水上楼时,一定要小心点,走一层楼梯就歇一歇,千万不能……

单有良说到这里,没料到那老人突然走到了他的前面,与此同时,只听得老人声音朗朗地朝他说道:"恭喜你年轻人,从现在起,你已经是本公司的正式一员了!"

"这……您……"听了老人的这句话,单有良一时间仿佛是坠进了云里雾中,不知道这究竟是怎么回事。

也就在这时,那位负责面试的小姐,也忽然从楼梯上冒了出来,并指着那老人,对单有良说道:"他就是我们公司的老总,老总他今天一直拎

着水桶等在楼梯上,可前面那29位面试者,个个都对他视而不见。"

"是的,我们今天面试的真正题目,就是这一道——看你有没有爱心。一个缺乏爱心的人,我肯定他是不会真正地爱自己的工作的,也不可能会将自己的工作真正做好的。"老总最后说。这么说着,老总还紧紧地握住了单有良的手。

第三辑 月明星稀的夜晚

月明星稀的夜晚

这是个月明星稀的夜晚。

但在我的感觉中,那月光不仅是模糊的,甚至还是漆黑的——对一个已失去了原本最让她自豪的美丽容貌的姑娘来说,这世界哪还有什么光彩存在!

是的,自从那场该死的大火无情地将我烧了个面目全非之后,我一直过的是以泪洗面的日子,而今天晚上,我避开家人偷偷地来到这条滚滚东流的江边,来到这个时常有人在此告别人世的地方,唯一的目的,便是准备结束自己那种用泪水浸泡的日子。所谓长痛不如短痛,与其继续这样生不如死地活下去,还不如干脆利落地在"扑通"一声中来个彻底的解脱!

都说女人是水做的,现在,就让我回归到这滚滚东流的水中吧……

在有意无意地望了一眼空中悬挂着的那轮圆圆的月亮之后,我就紧紧地闭上了眼睛,然后——也就在我要纵身往下跳的时候,我的身后突然传来这样一个声音:"你这是想让头顶的那轮明月证明你的懦弱吗?"

听了这话,我不禁猛然睁开眼睛,同时下意识地转过了头去,于是,一辆轮椅,便缓缓地滑到了我的身边。

轮椅中坐着一个应该是和我差不多年纪的人。

"哦,你肯定是在为自己的这张脸想不开吧?"他说。他显然是看清楚我那张已丝毫找不着美丽的影子的脸了。

接着,他就坐在那儿,朝我晃了晃他那两条空荡荡的裤腿儿,又说道:"怎么样,我的不幸应该并不比你轻吧?"

"你的两条腿……"我不由得脱口问道。

"车祸,一场突如其来的车祸,轻而易举地要去了我这两条曾经夺得过全省百米赛跑冠军的腿。"他没等我问完,便这样回答道。

"你难道就一点也不为自己的这两条腿悲哀吗?"我又问。

"岂止是悲哀!第一次坐上轮椅的那天晚上,我也避开家人,偷偷来到了这里,准备借这滚滚东流的江水,来个一了百了……"他说。

"没错,还是一了百了的好!"我说。

"但一位老人家救了我。"

"一位老人家?"

"是的,那是位白发苍苍的老人家。这天晚上,我也差不多就是在这个时候遇上他的。当时,他正坐在前面的那块石头上,样子也像块石头似的。见了我,他竟一眼就看出了我来这儿的意图。他问我:年轻人,你有没有想过到底是两条腿宝贵呢,还是生命宝贵呀?然后,他便一边流着泪,一边给我讲了这样一个故事。有一个老太太,已经75岁了,而且,她多年来一直就病在床上,但是,当她感觉到自己就快要死了的时候,她却拉着她老伴的手,一个劲地喊着:我要活着,我想活着,活着多好呀……老人家最后告诉我,这个老太太就是他的老伴。他说,自从他老伴去世之后,他就几乎天天晚上要来这儿,为的是要给想来这个地方寻短见的人,讲讲他老伴的故事……"

老实说,我并不觉得他所讲的那个老人家和他的老伴的故事有多么的感人。但不知怎的,这时候的我,竟也似乎已忘记自己来这儿的目的了。这不,在默默地望了一眼空中悬挂着的那轮圆圆的月亮之后,我便上前推了他的轮椅,和他一起,离开了那条滚滚东流的江边,在这个月明星稀的夜晚……

没错,这是个月明星稀的夜晚。

玩具手枪

星期天一早,刚上小学一年级的小凡便缠住了他的老爸:"爸,你陪我去百货商场玩玩吧!"

"百货商场有啥好玩的呀?"老爸道。

小凡便又说:"没啥好玩你就陪我去那里走走嘛!"

这样说着,小凡还拉住了老爸的手,做出要往外拖老爸走的样子……

老爸被小凡缠得没办法,只好答应了。不过,待进了那商场,老爸便猛然发觉自己原来是中了小凡的"奸计"。小凡什么柜台也不去,只是拉着他的手径直来到了玩具柜前,然后就手指着那儿的一把玩具手枪,说:"爸,我要买这把手枪!"

这小子,要我陪他来"玩玩"、"走走"的目的,就是想掏我的钱"武装"他自己呢。

当然,很是宠爱小凡的老爸,最终便只好省下自己的香烟钱,满足了小凡的要求。

这让小凡很是高兴又很是得意。哦,这把玩具手枪也确实可爱,虽然它射出来的只能是水而不是子弹,但往手里一握,感觉要多神气就有多神气呢!

从商场出来,小凡就想试试他手中的那把玩具手枪。他假装要小便,进了厕所,然后打开洗手用的自来水龙头,一个劲地往枪里灌着水……

从厕所出来后,小凡便紧握着手中的玩具手枪命令老爸"不许动",老爸一动,他就哈哈哈嘻嘻嘻地朝着老爸一个劲射水……

玩够了,小凡就和老爸一起坐公共汽车回家。

公共汽车挤得很,小凡付出了挤掉上衣两个纽扣的代价,才总算与老爸一起上了车。

汽车在路上缓缓前进着。忽然,在无意中,小凡看见有一只手伸进了就在自己眼前的那个阿姨的皮包里!

小偷!机警的小凡马上就这样反应了过来。小凡悄悄地抬起头,还看到了一双恶狠狠的眼睛。

小凡便很想大叫"抓小偷"。但聪明的小凡又立刻想到了这样一个问题:我一叫喊,要是那坏蛋像电视里常看到的那样,拔出刀子什么的来乱捅怎么办呢?

要知道,小凡虽然还只是个小学一年级的学生,可他实际上却"鬼"得很呢。这不,大眼睛骨碌碌一转之后,小凡终于想起了自己手里的那把玩具手枪,对,这手枪该上战场了!

于是,小凡就冷不防地举起那把玩具手枪,朝那双恶狠狠的眼睛射出了一阵猛烈的"水弹",同时大叫道:"抓住他!他是小偷!"

就这样,在那坏蛋忙着用双手去捂自己的眼睛的时候,老爸,还有旁边的另外两个叔叔,便早已将这家伙抱了个动弹不得……

事后,从这家伙身上果然搜出来了一把匕首。

为此,在大家的赞扬声中,老爸忍不住一边轻轻拍着小凡的头,一边很是骄傲地对小凡说道:"好小子,看来老爸还真是没有白给你买这把玩具手枪呀!"

在路上长大

阿姨病了,据说还病得不轻,可爸爸妈妈这些天又正忙,实在抽不出身去看望。

"明天是星期天,让我代表我们全家去看阿姨吧。"小凡自告奋勇。

对此,爸爸倒是从一开始便表示同意,但妈妈却有些不放心,说:"你认识路吗?再说,你不怕路上会出什么事吗?"

"怕?"小凡不高兴了,"我又不是3岁的小孩!我早过完10岁的生日了呢!再说,本少先队员还曾在公共汽车里抓住过一个小偷呢!"

听了小凡这番话,妈妈终于和爸爸相视一笑,然后,两人都点了点头。

于是,第二天吃过早饭,小凡便拎着爸爸妈妈准备好的一包慰问品,带着爸爸妈妈对阿姨的问候和祝福,踏上了去阿姨家的路途。

应该说,阿姨家虽然住在郊外,但实际上并不算远,那路也很好认:坐3站公交车后,下来便是一条一直通到阿姨家门口的水泥路,最多走

10分钟便到了。小凡先前曾跟爸爸妈妈去过多次,所以,他对那条路差不多已熟悉到了闭上眼睛也能走到的地步呢。因此,从挤上公交车的那一刻起,小凡便在想着:要是路上碰见那些个已认识了很长时间的阿姨家邻居的小朋友们,自己该跟他们说些什么话好呢?

然而,下了公交车上了那条水泥路后,小凡所见着的,却并不是那些小朋友,而是一条满身黑毛、嘴里吐着红红的长舌头的狗!

我的妈呀!这狗的样子好凶狠、好可怕呀!

小凡毫无思想准备,而且,他一直对狗有着一种好像是天生的畏惧感,因此,他怕极了,就撒开两脚,没命似地奔跑起来。

小凡想把那条狗撒在后面。但不想他这一跑,那狗居然显出了更凶狠、更可怕的样子,一边"汪汪汪"大叫不止,一边就朝小凡追了过来!

小凡就拿出来体育课上跑50米时冲刺的劲头,奔跑得更快了。

可狗长着四条腿呀。这不,眼看着长有四条腿的狗,一张嘴便可咬住只长两条腿的小凡的裤管了呢!

就在这时,狗的主人及时将狗唤了回去。但小凡的裤裆里,却已经是下过一场"雨"了……

当然,无论怎么说,一场虚惊毕竟是过去了。

小凡便一边下意识地摸了摸自己那湿漉漉的裤裆,一边整理了一下那包在奔跑时被颠得七上八下的给阿姨的慰问品,然后又上了路。

可是,小凡这天的运气实在有些不怎么好。正当他带着一颗还在扑通扑通乱跳的心,眼看着就要来到阿姨家的门口时,他前面的路上竟又出现了一条狗。而且,这条狗就蹲在他的必经之路当中,就像是在迎接他一样,而这狗看上去又比先前那条还要凶——它浑身灰蒙蒙的,个子差不多比小凡还要大,吐出的舌头则红得像血!

于是,小凡就不仅裤裆里要"下雨",脸上也快要"下雨"了。前面那条狗到底还有它的主人出来管它,可现在是四下里见不到半个人影,也就是说,我小凡这回是处在完全孤立无援的地步了呢。哦,叫我怎么过去呀?

小凡曾起过转身往回跑的念头。但前面的经验教训告诉他,两条腿是无论如何也跑不过四条腿的。是的,只要我一跑,这狗便肯定会立刻追上来,到时候……

小凡真的快要哭出来了。

不过,小凡到底是曾在公共汽车里抓住过一个小偷的。小凡也想起了自己在昨天曾给妈妈说过的"本少先队员"如何如何的话来。于是,小凡索性就横下一条心来:逃也要被狗咬,不逃也要被狗咬,不如拿出刘胡兰大姐姐那种视死如归的英雄气概来,大胆地往前走,看这家伙能把我怎么样!

这么想着,他一咬牙,便朝着那条蹲在路当中的狗,若无其事地走了过去!

奇迹发生了。见小凡朝自己走来,那条狗居然马上利索地退到路边上去了,虽然它一边退,一边在"汪汪汪"的大叫,但这种叫实在是虚张声势,是那种"光打雷不下雨"的叫呢!而且,在小凡走到它的前面后,尽管它也要边叫边做出追上来的样子,但只要小凡一停步,它就不再往前了,倘若小凡转过身来瞪它一眼,它还会呜呜呜地倒退两步呢!

此情此景,不禁使小凡咧嘴笑了起来。

小凡还似乎懂得了什么……

当躺在床上的阿姨见只有小凡一个人前来看她,忍不住要埋怨哥哥嫂嫂不该让小凡一个人出门时,小凡却显得很是自豪地告诉阿姨说:"阿姨你担心个啥呀,我连怎么对付狗的办法都知道呢!"

小凡接着还补充了这样一句:"阿姨,我已经长大了呢!"

这倒是真的,就在来阿姨家的路上,小凡确实是长大了不少呢。不过,小凡说这话时,还是忍不住偷偷地用双手捂住了自己的裤裆。小凡可不想让阿姨看见自己的裤裆上还留着的那个湿印。

三色圆珠笔

"嘀铃铃……"

上课预备铃响了。乱哄哄的教室一下了安静了下来。小凡也不再背词语解释了,他把捂着耳朵的双手放了下来,然后收拾起摊放在课桌上的东西,准备好考试用品——一支铅笔、一块橡皮、一本垫试卷用的本子。他还听见自己的心在怦怦怦地跳着。

今天考语文。这是期末考试的最后一门课。虽然小凡平时的语文成绩在班里是屈指可数的,但他今天还是有点紧张,他担心这门课考不好,争取奖学金的愿望会落空。

今年学校设立了奖学金。期末考试各门功课的成绩都达到90分以上的,就可以获得。

谁不希望得到这种荣誉呢?况且,爸爸也一直以此勉励小凡呢。记得那一天,小凡去向爸爸要钱,说是想买一支他十分喜欢的三色圆珠笔,爸爸就对他说道:"钱可以给,可你为什么不去争取奖学金,用它来买呢?那样,这支笔不就变得很有意义了吗?"

于是,小凡心里便憋足了劲。他是一个好胜心非常强的人。当然,对那支"很有意义"的三色圆珠笔,他不仅充满了向往,而且信心十足。而令人高兴的是,期末考试前几门课的成绩,老师都已批出来了,小凡全都在90分以上,也就是说,只要今天这门课考好,那么……

教室里很静,监考老师正在分发试卷。小凡更清晰地听见了自己的心那怦怦怦的跳动声。他只觉得老师分发考试卷的速度太慢了,怎么还没发到他呢?

"呀,要默写这一段哪!"

突然,前边几个已分到试卷的同学轻声惊叫起来。小凡的心不由得跟着一震又一紧:要默写哪一段呀?

这时,试卷已发到了小凡这儿。小凡忙将全部试题"扫描"了一眼,他也禁不住吃惊起来:第三大题要求默写的那一段课文,复习时,老师并没有作重点强调呀!也就是说,他们并没有复习到呀!

小凡就下意识地看了一眼监考老师。他就是他们的语文老师。哦,好像老师也在为这一道试题不安呢!瞧他,看着试卷,一会儿皱起了眉,一会儿把头摇得像……

噢!现在可不是打比喻作形容的时候。这统考题出得也真够刁的,竟然连老师都想不到!可又有什么办法呢?还是快答题吧。答得出的先答,时间紧哪。

小凡对着试卷出了一会儿神,然后便开始了答题。第一大题是拼音,很省力;第二大题的填空也不难……只是,只是要默写的那一段课文,却是怎么也记不起来,而这一题要占10分!

唉,看来,语文的90分是很难得到了,还有那奖学金,还有那三色圆珠笔……

忽然,像是一阵风吹过似的,教室里起了小小的骚动。哦,那沙沙的声音是什么呀?小凡忍不住抬起了头。而这一抬头可使小凡又大吃了一惊,那沙沙沙的声音,竟然是许多同学在偷偷地翻书发出的!

这可是闭卷考试呀,怎么能翻书呢?再瞧瞧监考老师,咦,他怎么眼睛望着窗外?难道他没有发现有人在作弊?小凡便故意大声咳嗽了一下。可是,老师转过头来看了他一眼以后,却又若无其事地将脸朝向了窗外……

"哎,那段课文默写得出吗?快翻书抄呀,老师不管呢!"

同桌轻轻地碰了一下小凡的膝盖。

这倒是真的,老师不管,所以才有那么多的同学在翻书呢。

"你怕什么呀,反正都在抄呢!"

这时,小凡的耳边又响起了同桌的声音。这声音当然是充满着诱惑力的。小凡的语文课本就放在课桌抽屉里,只要……小凡的眼前仿佛正晃动着一支漂亮的三色圆珠笔。

然而,也说不清为什么,小凡到底没有将手伸进课桌抽屉。他只是觉得,那篇题为《一个诚实的人》的作文,他写得很顺手;而且,考试结束后,回家的路上,他走得也很轻松……

当然,这学期,小凡没有获得奖学金。

放假那一天,当小凡把一切如实向爸爸做了汇报以后,爸爸却亮着眼睛拍了一下小凡的肩膀,还摸了摸他的头,然后,爸爸就特意上了一趟街,买来一支漂漂亮亮的三色圆珠笔,微笑着放进了小凡的手心。

放学的路

从学校到家,大约是 5 分钟的路程。

当然啦,这是小凡熟悉得不能再熟悉的一段路程了,每天上学、放学,再上学、放学,一天就要走两个来回,那么一个星期呢?一个学期呢?一个学年呢?从上学的第一天到已经是三年级了的今天呢?

真的,小凡已在这条路上走过无数遍了,走得已连蒙上眼睛都能正确无误又毫不费力地到家了,还走得差不多已将一路上的每一棵树的每一片叶子都认识了!

可能正是由于这个原因吧,这天放了学,在踏上了这条从学校到家的路之后,小凡忽然产生了这样一个念头:老是走这条路实在是太腻烦了,也太没劲了,我今天就走另外的一条路回家吧!

主意已定,小凡便将他的想法付诸了行动。他没有从校门口笔直往前走,而是拐上了右边的那条街。小凡记得,在半年前,专门从乡下来看他的外婆曾同着他走过这条街,从这条街出去,便是热热闹闹的中山路,再从中山路转到光明南路,走不远就是一个大超市了,而超市一到,离他家也便只有 30 多米了。

这就是说,小凡现在的举动既无盲目的性质,也并没有冒险的成分。小凡只是对走老路腻烦了。小凡想走出一条新路来。当然,小凡相信这条新路走起来一定是很有滋有味的。

确实,当小凡到了中山路之后,他便很想那么"哇哇哇"地叫上几声。且不说这儿的路有多宽大、商店有多漂亮吧,你瞧瞧那些人,不管是男的还是女的,又无论是老的还是小的,他们哪一个不是想怎么走路就怎么走路,要说什么话便说什么话? 哪像在学校里,上课的时候必须将两只手放在背后坐着,就是下了课,谁要是随心所欲地叫出声来,也要被扣掉班级的纪律分,而且,班主任可能还要让你把《小学生守则》抄上30遍……

老实说,小凡是曾经抄过30遍的《小学生守则》的。因为,那一次,当班主任在班里讲一件很严肃的事情时,他却极不严肃地打了一个非常响亮的喷嚏,而且事后还拒不接受班主任那"你这是在故意捣乱"的批评……不过,此刻的小凡已决定不去想这些不愉快的事情了。真的,眼下的自己可正处在"良辰美景"(这是小凡从一本课外书上看来的一个词)之中呢,所以还是"让我一次看个够"(这是小凡从一首流行歌曲中听来的一句话)吧。

对啦,前面那些人都在看什么呀,我也去瞧瞧吧;哦,已经到新华书店的门口了,不进去可是要后悔的呢;

哈,这羊肉串实在是太香了,害得我口水都快流出来了,买一串买一串;

咦,从店里出来的那个阿姨只穿那么一丁点衣服,她不冷吗;

哇,有这么大的气球呀,我那房间大概都装它不下吧;

哎哟,这人骑车怎么骑到人行道上来了呀,差点把那老大娘给撞倒了呢;

嗨,华华跟我说过的那个大雕像,原来是在这儿呢;

天哪,这辆汽车实在是太漂亮了,我可一定要过去摸它一下;

啊,这房子可真高,它到底有几层呢? 还是让我数一数吧:1、2、3、4、5……

小凡就这样在他那条崭新的放学路上走着,兴致勃勃地走着,感慨万千地走着,无拘无束地走着。

不用说,这一路上,5分钟时间是远远不够的。这不,当小凡最终到家时,他总共花去的时间是整整50分钟呢。

但小凡一点也不觉得这时间有多长。小凡更没有什么累的感觉。小凡只觉得自己实在是好开心好开心。好开心好开心的小凡,还已经暗自做出这样的决定:明天,我还是要走这条路回家;过几天,我要再换另外一条路走……

可惜小凡的这一个决定后来并没有成为现实。不仅如此,小凡还为他这一天自作主张走了一条新的放学回家路,付出了相当大的代价:他父亲用了整整3个小时的时间,怒气冲冲地将他骂了个狗血喷头体无完肤;他母亲则流着眼泪,说了他几千遍几万遍的"你不乖,你这孩子真是太不乖了",并决定扣发他一个月的零用钱;而他的班主任,在得知这件事后,则差点儿又要让他抄30遍的《小学生守则》。原来,家长和老师都认为小凡这是在舍近求远,都认为小凡的这种舍近求远是不可理解又不可原谅的!

可是,为什么一定要我走早走腻烦了、走起来实在是太没劲了的路呢?

不用说,这是小凡所不能理解的。因此,对父亲的骂声,对母亲的眼泪,对班主任的批评,小凡便统统感到很委屈,也很不以为然,甚至,他觉得,家长和老师的所作所为,才是真正不可原谅的。

失踪的钢笔

班主任果然安排那个新同学做小凡的同桌！

这使小凡感到十分的不高兴，他甚至觉得有点悲哀。自从听说班里要转来一个新同学后，小凡便一直担心他会成为自己的同桌，因为班里只有小凡是一个人坐一张课桌的。而今天，那种担心终于成了现实。可这是叫小凡不想更不愿接受的现实啊！

小凡差不多是含着眼泪去找班主任的。他向班主任诉说了自己不能和那个新同学做同桌的种种理由。他的理由一条又一条。班主任呢，倒是样子挺认真地在听着小凡的诉说，同时还笑了一笑又一笑。然后，似乎毫不费力，班主任便将小凡那一条又一条的理由统统给否定了。这可把小凡逼急了。于是，他就憋红着脸，挺直了脖子，气呼呼地说出了他心里不愿意和那个新同学做同桌的最大理由："我就是不愿意和一个小偷坐在一起！"

听了这话，班主任脸上的笑意不见了，同时，他严肃而又耐心地对小凡说道："小凡你怎么能说出这种话来呢？不错，那个新同学，过去是犯过错误，但那是过去呀。我们怎么可以抓住人家的过去不放呢？看一个人，最重要的是要看他的现在。你想，要不是为了痛改前非，他又何必要转到我们这儿来呢？再说，即使是犯过错误的人，我们也应该相信人家，尊重人家嘛！"

唉，班主任简直太会说话了。小凡不得不承认班主任说的话是无懈可击的。这样,最终他也就不得不认输,不得不接受那个说心里话实在是太不乐意接受的现实了。

当然,一切都是因为"不得不"。也就是说,人,是成了同桌,但心,却一直让一把上了刺刀的枪守着。而且,那把上了刺刀的枪,常常就那样举在小凡的眼前,瞄准着那个新同学,监视着他的一举一动,提防着他的所作所为……

小凡又怎么能对那样的人放松警惕呢?他到底是个曾经偷过人家东西的人呀!班主任不也婉转地承认这一点了吗?还有,好几个平时很要好的同学,也时常提醒小凡要"小心点儿",要把东西"放好一点儿"呢。事实上,自从勉强地与那个新同学做了同桌后,小凡平时也够小心的了:凡是比较贵重的东西,如爸爸买给他的那把三用圆规,如阿姨送给他的那支"永生"钢笔,如他从姐姐手里连讨带抢地要来的那本红绸封面的日记本,又如……反正,所有这些东西,小凡总是不厌其烦地、同时又是出于无奈地经常带在身边,或者干脆就放在家里了。而对于像那个塑料磁门的文具盒之类无法随身带着也不能放在家里的东西,他便时时处处小心谨慎地看管着,守护着,只要那人在座位上不走,他也就决不离开半步;倘若要去做课间操,他便总是在那人之后离开,在那人之前回来;而每当非去厕所不可的时候,小凡就会拉过来一个要好的同学,让他坐在自己的位子上,做他的"临时哨兵"……

这样当然是万无一失了。现在,小凡与那人同桌已有整3个星期的时间了,小凡也还不曾被偷过一张白纸或者是一支铅笔芯。显然,这全是看护得周全的缘故。老实说,小凡可还不能照班主任所要求的那样去"相信"人家。一个曾经偷过别人东西的人,是可以随便"相信"的吗?

这一节是体育课。同学们都在操场上集队操练。由于身体不舒服,小凡向体育老师请了假,一个人留在教室里自修。现在,他正在抄录报纸上一段描写景物的优美语句。这时,班主任来找他,说是要向他了解最近发生在班里的一件事情的有关情况。于是,小凡便跟在班主任的身后,到办公室去了。当然,临走时,他没有忘记望了操场一眼,同学们还在那儿进行队形操练。这样,小凡也就没有理由对他的东西不放心了。

然而,当小凡从班主任的办公室回到教室里的时候,他却不由得大吃了一惊:他课桌非他的那一边,比他走之前多了一件绒线衫!也就是说,在他不在的时候,那人曾回来过教室!

这一发现立即叫小凡警觉了起来。他仅仅是回教室来放一件绒线衫吗?他是一个人来的还是同别人一起来的?他在教室里停留了多久?他又为什么正好是在我不在的时候进来呢?想到这里,小凡感到十分可疑。于是,他便开始动手对课桌面上和课桌抽屉里属于自己的东西,实行逐件逐件的大清点。还好,文具盒还在,文具盒里面的东西也没少,昨天新买的笔记本也还在,课本也还在,还有……啊,忽然,小凡发现自己的那支钢笔,就是阿姨送给他的那支"永生"钢笔,就是他刚才还在用它抄录那段优美的景物描写语句的那支钢笔,不见了!

哦,小凡记得,跟班主任走时,他应该是将钢笔随手夹在笔记本里的,可现在却不翼而飞了!小凡就一页一页地翻那个笔记本,那里根本没有钢笔夹着;他接着又一遍一遍地寻了课桌的四周,也不见那支钢笔;他甚至还翻了一通书包,生怕自己跟班主任走时,是不是匆忙之中将钢笔塞进书包了,可结果也是不见钢笔的踪影。没有,哪儿也没有!也就是说,这支钢笔肯定不在了。换句话说,这支钢笔肯定是被偷去了!至于是谁偷的,这当然是秃子头上的虱子——明摆着的嘛!

哼,我一直担心着、堤防着的事,到底还是发生了!狗能改了吃屎?!刚才,班主任还问他怎么样,而我甚至还曲曲折折地表扬了他呢!可现在……对,这个贼,得立刻拖他到班主任那儿去!

于是,在一种激动与一种愤怒的驱使下,小凡就火凛凛地冲出教室,来到操场上,见那个同桌正在很得劲地玩着篮球,他就不由分说,上去一把抓住了人家衣服的前胸,同时厉声对他喝道:"走,到班主任那儿去!"

就这样,在他的同桌还没来得及明白发生了什么事,在别的同学也都对眼前所发生的事情感到莫名其妙的时候,小凡已一路紧拉着他的同桌,来到了班主任的面前。

正在忙于备课的班主任,显然也对猝然出现在他面前的情景感到很吃惊,他便忙放下手中的笔,问:"什么事呀,你们俩?"

"你问他!"小凡的胸脯起伏着,一边松了手,同时,另一只手的手指差一点就要戳到那同桌的鼻尖上。

可他的同桌却可怜巴巴地轻声说道:"我……我不知道。"

这更恼火了小凡,他就冷笑着问那同桌:"你不知道?你装什么蒜?我问你,我的钢笔呢?!"

"钢笔?我……我没看见呀。"那同桌嗫嚅着回答道,声音还是可怜巴巴的。

相比之下,小凡的声音就显得分外的理直气壮,也分外的义愤填膺,只听他又冷笑着这样说道:"没看见?哼,那钢笔,我明明记得是放在课桌上的,可一会儿就不见了!"

接着,小凡就向班主任一五一十地讲了事情的经过。不过,叫小凡感到非常不解的是,听完了他的叙述以后,班主任竟盯着他,仿佛他小凡不是"原告"而是"被告"一样。小凡对此可真有点儿受不了。怎么?你班主任难道还要护着他?他难道……

小凡真想大着胆子问班主任几个"难道"。然而,这时,班主任开口说话了,而且,他的话依然是针对小凡而说的:"你呀,我刚才不是还在跟你说,对同学要信任,要尊重……"

"他偷了我的钢笔,还要我信任他尊重他吗?!"没等听完班主任的话,小凡终于忍不住了,就气愤地顶了班主任这么一句。

这时,他的同桌想说什么,但让班主任拦住了。然后,班主任的目光又移到小凡的脸上,同时严肃地问小凡:"你看见他拿你的钢笔了?"

"这……可他进过教室,有他的那件绒线衫可以作证!"小凡不禁有点语塞,可他仍然觉得自己的理由充分又充分。

于是,班主任又问他:"光凭这一点,就能断定是他拿了你的钢笔?"

"那……那我的钢笔哪儿去了!"

班主任摇了摇头,接着,他就给小凡讲了这么一个故事:"有一个人,因为常听些别人的孩子被抱去了的传说,所以就非常担心自己的孩子也会有一天失踪。于是,她就对自己的孩子时时处处留意着。可是,终于有一天,她号啕大哭着四处奔走,说是自己的孩子不见了,被人抱去了。可旁人却都笑着说她疯了,因为,就在她说自己的孩子不见了的时候,那孩子一直抱在她的怀里……"

讲完了故事,班主任走过来,拍了拍小凡的肩头,意味深长地问他:"你说,这个抱囡找囡的故事,说明了什么呢?"

小凡眨巴着眼睛一时可真说不出什么来。而班主任也不作什么解释,他只是对小凡说道:"我相信,慢慢地,你会懂得这个故事的含义的。"然后,班主任将话题一转,说:"至于你的钢笔,你为什么就不摸摸你自己左边的那个衣袋呢?更主要的是,你怎么会忘了你在跟我来办公室之前,是将那钢笔放进了这个衣袋的呢?"

听了班主任的话,小凡猛然记起了自己在跟班主任走的时候,确实是将钢笔放进了那个衣袋的。于是,他便下意识地将手伸进这个衣袋,不由自主地把那支阿姨送给他的"永生"钢笔摸了出来。

这时,望着那支一度失踪了的钢笔,小凡的同桌便"哇"的一声哭了起来,他哭得泪如泉涌,哭得好伤心、好委屈、好气愤、哭得……哭得连小凡也情不自禁地流下了眼泪,那是小凡愧疚的眼泪、自责的眼泪、悔恨的眼泪……

W·C 杨

我相信,当时在场的1500多人的心里,一定是全都和我一样惊讶和纳闷——台上那个黑黑瘦瘦、眉眼间倒又透着几分帅气的家伙,究竟干吗不在那份"结对协议"上签字呢?要知道,只要在那张薄薄的纸上写下自己的名字,他4年大学的学费,就可以高枕无忧了呢!

那是在学校举行的开学典礼上。由于我们这一批新生中有十多个由这样那样的原因造成的"特困生",这十多个"特困生"又得到了学校所在地各界的高度重视和热忱关怀,学校便将开学典礼和"扶贫助学结对"签约仪式放了一起举行。当时的场面和气氛真的是很有些感人的。而在当地那家非常有名的企业老总讲完了热情洋溢的话,就等着自己的扶助对象上台去在那份"结对协议"上签字的时候,那个黑黑瘦瘦、眉眼间倒又透着几分帅气的家伙,却在众目睽睽之下,甚至还对着电视台记者的摄像机镜头,只是上去朝那位老总深深地鞠了一躬,然后冲着扩音器的话筒说了声"我想我应该自己想办法去解决自己的困难",便又跑回到了自己的座位上……

当然,后头还有更让大家惊讶和纳闷的事。就在学校正式开学后不久的一天,校园里忽然爆出了一条特大新闻,说是中文一班的杨志强——也就是那个黑黑瘦瘦、眉眼间倒又透着几分帅气的家伙——已跟校方签好了合同,从此将由他承包学校男厕所的冲洗任务,学校则将把原本付给做这差事的校工的每月300元钱发放给他!

哦,这姓杨的家伙不仅仅是在发傻,简直是在发疯呢!你想想,冲厕所这样的活可是连下岗工人都不会轻易地"再就业"的,而你好歹都是个大学生,是个曾被人称为天之骄子的大学生,难道就不会觉得……

老实说,我就是这样特别地注意上他的。事实上,我们这些女同学们有事没事聚在一起谈到杨志强时,差不多都会以不恭又不屑的口吻把他叫作"W·C杨"。当然,或许是出于女孩子所特有的那种良善之心吧,我只觉得那个杨志强也够令人同情的,同时我还暗暗地有些替他担心,担心他会因自己是那样的一个"新闻人物",而在校园里抬不起头来……

然而,在时间缓慢又匆忙地过去了半个学期之后,事实却证明我的那些担心,还包括我的那些同情,全是不必要和多余的。因为,平时每次见着杨志强,即使是在厕所门口见着他,而且他正好是满头不折不扣的臭汗的时候,我都没法从他身上找到值得我担心或同情的半点迹象。不仅如此,更叫我意外的是,我还在校门口的学校宣传橱窗里看到,他在期中考试中竟取得了整个中文一年级总分第五名的好成绩!

于是,每回夜晚自修去阅览室看书时,我便总有意无意、自觉不自觉,甚至还会想方设法地要坐到杨志强的对面去。而就在前一次的晚上,我又终于"忍无可忍"地给对面的杨志强递过去了一张问他"你为什么放着现成的饭不吃"的纸条。

"只有能心安理得地去吃的饭,吃了才长肉。"

在抬头看了我一眼之后,杨志强用纸条这样回答我。

我就通过纸条又问:"你不觉得自己那样做有失身份吗?"

这回,杨志强是朝我笑了笑,很好看又很帅气地笑了笑,并在他递回给我的纸条上这样写着:"我是农民的儿子,在读书之余参加劳动原是我

的本分；再说，自食其力应该是比坐享其成更能显示出一个人的身份来的吧？"

我便没有再问杨志强什么。那时候，我只是好想好想就那么近地多看上他几眼，但事实上，我的目光一碰上他，就马上又会心慌意乱地逃回到了暂时用作盾牌的书本上。因此，我便只能在心里不由自主地朝他喊了一声"你这个家伙呀"……这同时，我忽然有种很是强烈的冲动：我想给自己的父母写封信，要他们从此中断给我的"后勤保障"，然后，我就去把学校女厕所的冲洗任务也给承包下来……

角　　落

众所周知，张聪聪是我们班的"角落"。这除了他的座位正好在教室最里边的那个角落中之外，还因为他在学习上也是全班的"角落"，他几乎每门功课的成绩都是全班的倒数第一名。

不用说，对这样的一个张聪聪，我当然是一直没把他放在眼里，也一直是不跟他打交道的。要知道，本小姐可是门门功课都能在全班甚至全年级稳拿第一的学习佼佼者，所谓"人以群分，物以类聚"，又所谓"近朱者赤，近墨者黑"，我要是跟这样的人打成一片，那实在是有失身份，又只会让我变成"物"或者是染上"黑"呢！

正因为如此，平时，要是在私下里说起张聪聪，我自然总是不称他名字,而只叫他"角落"的。

　　但我也不知道自己到底是倒了什么样的霉,就在前几天,班主任王老师竟在班里搞了个什么"结对子"活动,而且是不由分说地非要我和那"角落"做"对子"不可!哦,当时,我几乎是立马就当众掉下了眼泪来呢,你想想,这简直就是在拿一朵鲜花往牛粪上插呀!再说,我要是真和"角落"做了"对子",那就非拉我学习的后腿不可,甚至很可能会连累我最后考不上原本十拿九稳的重点高中呢!

　　我心里那一千个一万个不乐意,你是可想而知的。但不乐意又怎么样呢?我总不能硬着脖子跟班主任唱对台戏吧?要知道,什么评"三好生"啦,还有毕业时的毕业鉴定啦,甚至还有重点高中的推荐啦,所有这一切都得由班主任签名呢。

　　可我又实在不愿"委曲求全"。所以,我最终只是在表面上答应了班主任的安排,而实际上,诸如作为"对子"我应该在学习上给"角落"经常提供帮助之类的"义务",我一次也没有去尽。而且,即使是"角落"找上门来讨教,我也总是尽可能回避着,或者只是敷衍了事地应付一下……

　　接着是我"祸不单行":我病了,还病得不轻,住进了医院。而我绝没有想到的是,第一个来医院看望我的,居然便是"角落"张聪聪!他甚至还给我送来了一大把不知从哪儿采来的野花,说是祝我的身体能早日像这些花朵一样的蓬蓬勃勃。而且,在我病好后重新上学的第一天,他还送了我一件更加贵重的礼物,他把我缺课的那十来天中,由他所作的各门功课的笔记推到我面前,说:你是要考重点高中的,不能缺课,所以,我这几天听课时头一回做起了课堂笔记,现在你拿去看看吧。

　　你……这实在是我无法想到的。一时间,我感动得真有些不知道该说什么是好,还差点儿再次当众掉下眼泪来。

　　这时候,"角落",不,张聪聪却郑重其事地对我说道:嗨,这可是我

应该做也是必须做的呀,因为我俩是"对子"呢!

听了张聪聪的这一句话,我在忍不住热泪盈眶的同时,忽然觉得自己的脸正烫得像在被火烧一样……

如今,倘听见有人不管是当面还是背后在叫张聪聪"角落",我就会跟他拼命,而且,应我的要求,我还和张聪聪做了同桌。也就是说,我也坐到教室的角落里去了。

小 撒

"小撒"是沙文英的绰号。

你知道沙文英为什么会被别人叫作"小撒"吗?你又知道"小撒"这绰号的含义吗?

我想,你可能因此会去翻《新华字典》,从字典上,你会发现"沙"和"撒"是谐音。于是,你便以为自己已找到那个绰号的来由了。当然,接着你可能还会进一步去研究,你去查那个"撒"字的解释:①放,放开,如"撒网";②尽量施展或表现出来,如"撒娇"、"撒谎"。于是你就恍然大悟并且嫣然一笑,说,哦,我知道了,那个沙文英,肯定是个撒娇能手,要不就是个撒谎大王……

可是你错了。因为你并不知道,"小撒"这个绰号是无法从字典上找到一星半点的根据的。而你实在又从一开始便让这个绰号给吸引住了,所以,你现在唯一能做的便是央求本人:咳,亲爱的汝老师,请别再绕圈子了,您快给我们说说那究竟是怎么回事吧!

好吧,那你可注意听哦,我这就开始说了。

一

那当然是有点说来话长了。

话还得从开学第一天说起。

这里是 N 中学。N 中学是一座规模中等的"完中",上有高中,下有初中。全校共 24 个班。在它所属的这个地级市里,它既不是"超级大国"——重点中学,也不属"第三世界"——集所谓的差生慢生顽皮生于一体的送文凭学校。

今天是新学年的开学第一天。学校刚刚举行过隆重的开学典礼。现在是以班为单位活动时间。一位位男的女的年老的年轻的班主任老师,正从各自的办公室中鱼贯而出,走进了归自己管辖的那个班的教室。于是,一个紧挨着一个的教室就次第安静了下来。然后,整个校园便也由热闹转为了宁静。

不过,这种安静或宁静并没有持续多久。因为,一种安静或宁静以后的热闹,很快又从那一排排如火车车厢似的教室里爆发了出来。这其中最热闹的,当数高一(1)班的教室。

高一是新生。按理说,一个刚组成的新集体,是不大能热闹得起来的。因为同学彼此还不熟悉嘛。但是,此刻的高一(1)班教室,却完全可以用"热闹非凡"一词去形容。

这个班的班主任姓施。在施老师向同学们发表完"新学年献词"和他的"施政纲领",接着宣布"下面我将宣布由我任命的第一届班委组成名单"时,他怎么都不会想到的是,坐在第一排最后一张课桌上的那个长相很是文静但眼睛却显得不那么安分的女生，竟一下站了起来，然后就偏着头向他发问道："施老师，您说这班委重要吗？"

"当然重要呀。又怎么会不重要呢？所谓政治路线确定之后，干部就是决定的因素呢。"

施老师对这冷不丁的发问自然是很感突然的。但他到底是在师范学院读过《教育学》《心理学》，也受过如何处理课堂上的突发事件的专门训练的，所以，他很快就让自己从那种突然感中镇静了下来。他望了那个女生一眼，接着便也故意偏着头反问了她一句，并背诵了一句现在的学生显然是无法知晓其出处，而在这种情况下又不能不说是很为适当的过时名言。

但那个女生则将一头当时很是流行的头发一甩，然后就抓住那句过时名言，又问了施老师一句："既然干部是决定的因素，那您处理这个问题怎么可以这样轻率呢？"

"什么？你说什么？轻率？"

施老师不禁浑身一震，还暗自吃了一惊。他不由得上下打量起了那个女生来，同时努力在自己记忆的屏幕上寻找着有关这个女生的信息。实际上，新学年报到的第一天——老师要比学生提前一个星期报到，他就从教导主任的手里接过了这个班的学生档案，到昨天晚上为止，他已经把那档案看了两个整遍，并已将全班学生的有关情况储存进了自己的记忆库。因此，施老师很快便在自己记忆的屏幕上找到了一个点，然后就将这个点放大还原成了一份很是清晰的档案材料。

姓名　沙文英

性别　女

年龄　16 岁

……

只是，她的脸，无疑要比照片上显得更有活力，照片是黑白的，而她实实在在的脸却闪着一种说不清道不明的光彩。还有……还有那档案实在是太简单了,上面只写清楚她的升学考试成绩离重点中学的分数线仅差两分,却根本没写明她今天会突然给我来这么一下子!

施老师就有点恼也有点气了。怎么会有这样的学生呢?我都教了近20年的书了,还从来不曾见到过对老师特别是对班主任老师如此"不客气"的学生呀!

但施老师又终于没有恼形于色或气形于声。他决定以守为攻。于是,他便问那个女生:"沙文英同学,侬你说,应该怎样处理班干部的事才不算轻率呢?"

"竞选!"

沙文英的回答几乎是脱口而出的。

施老师就又是忍不住浑身一震。不,应该说是整个教室都在此时此刻被沙文英的话震动了。于是,经过了3秒钟的沉默后,高一(1)班的教室里就一下热闹了起来……

二

施老师采纳了沙文英的意见。这固然显示了施老师班主任工作作风的民主,但在他的内心里却有着这样的算盘:好你个不知天高地厚的沙文英,我就给你这个机会,让你看看你那也不知道是从报纸上看来还是从电视里听来的想法到底是不是实际吧!不用说,施老师断定那是个行不通的想法。他更想借这个想法的实际行不通,去给那些很可能同样有着标新立异的企图的学生作个警告。

下午便搞竞选。

第一个上台来发表"竞选演说"的当然是沙文英。她说:"我想担任本班的班长。假如我当了班长,我一定……"

她一共讲了她的一二三四五六七八条设想。说实在的,她的那些设想很蛊惑人心，因此赢得了一阵颇为热烈的掌声。不过，施老师也还是听到了有人在下面这样轻声嘀咕："哼，一个女的……"

说这话的当然是个男生。男生在初中时常常是受压制的，而今进入了高中，他们自然是希望"翻身求解放"了。

可沙文英毫不示弱："女的怎么啦？英国首相撒切尔夫人不就是女的？"

沙文英如此"拉大旗作虎皮"，当然令那男生很不服气，他就干脆响响亮亮地揶揄起了沙文英来："这么说，你是想当小撒切尔夫人了？"

一阵哄笑。哄笑的当然又是男生。

沙文英的脸就不禁有些不那么自然了。接着她就恨恨地盯了那个男生一眼，说："要是在我们国家也有像撒切尔夫人一样的女人，又有什么不好呢？"

这回是一阵掌声了。鼓掌的当然主要是女生，但也有几位男生不由自主地做了俘虏。

沙文英就在那掌声里走回了自己的座位。只是，教室里也就随之变得鸦雀无声了，没人接着来上台竞选。而且，虽然施老师几次提醒说："来呀，请别的同学也上来竞选呀。"可教室里依然毫无动静。

果然不出施老师所料呀。施老师从一开始就断定了这什么竞选是行不通的嘛。

施老师就不动声色地笑了笑。他还故意看了沙文英一眼。接着，在讲台前来回踱了几趟步后，他就按他的既定方针，这样做了决定："这样吧，既然没有人竞选，沙文英同学就担任本班班长，至于班委的其他成员，以后再……"

"不！"没等施老师把话说完，只见沙文英又"呼"的一下从座位上站了起来。接着她就再次走到讲台前，与施老师站成了并排，然后便涨紫了脸，气呼呼地朝正注视着她的同学们说道："真想不到你们原来全是烂污泥捏的！可难道你们就真的是谁也不想为这个属于自己的集体做点事吗？难道你们就真的是都没有意识到自己已经长大了，已经完全有能力管理自己、塑造自己了吗？哼，刚才还有人在嘀咕我是女的，那么，你们这些所谓的男子汉为什么就不能勇敢地站出来呢？还有，刚才你们那或哄笑或鼓掌的劲头都到哪里去了？"

沙文英这一席话说得同学们都低下了头。

沙文英这一席话也把施老师给说得自觉不自觉地被感动了。说真的，施老师刚才之所以那样拍板让沙文英当班长，实际上是想进一步为难一下沙文英的，看她这"光杆司令"最终会怎么收场。而现在，施老师突然发现这沙文英还确实是个人才呢！

这时候，沙文英还在继续着她的讲演："同学们，既然刚才施老师已经宣布了由我担任本班的班长，那我这就开始我的工作了。现在，请大家准备好纸和笔，将你对我们班该如何建设、班里的各种工作该如何开展的想法、意见、建议、要求都写下来吧，同时也请作一次书面自荐，说明你愿意担任班里的哪一个职务，如副班长啦，各种委员啦，各门课的课代表啦，还包括各类的小组长……"

也不知道是由于沙文英的鼓动发挥了作用，还是因为同学们身上本来就潜在着那么一股强大的要"做主人"的力量和自信，到这天晚自修的时候，沙文英竟收到了同学们关于该如何建设班集体和班里的各种工作该如何开展的想法、意见、建议、要求多达102条，而且，班里的每一个职务，都至少有一个同学作了自荐，这其中，数学课代表这一职务，自荐的竟有7人之多！

沙文英终于笑了。

从此之后，沙文英也就被同学甚至还有老师或背后或公开叫作了"小撒切尔夫人"，简称"小撒"。

三

众所周知,英国首相撒切尔夫人之所以声震八方,不仅因为她是个女首相,更由于她在工作中所表现出来的那种令人敬佩甚至是令人咋舌的魄力。而我们的"小撒"——沙文英,做起事来也真有一种撒切尔夫人的味道呢。

开学后不久,班主任施老师找到沙文英,说:"我觉得班里的座位应该调整一下了。"

原来,刚开学时,由于同学之间相互不熟悉,所以班里的座位没作统一安排,都是随便坐的,而一段时间下来,施老师发现这种随便的坐法存在着不少的弊端。对此,沙文英回答说:"哦,我也想到这事了呢。好,今天就办这事。"说完,她找来其他几个班干部,和他们如此这般商量了一番后,便召集起全班,作了这样的宣布:"同学们,班委决定将我们的座位作重新安排。不过,我们不准备用老一套的分男女按高矮的办法来安排。我们的意见是:请大家自找同桌,自由'恋爱',只要你觉得相互合得来、坐一起合适就可以了。"

这一决定自然是又使高一(1)班好不热闹了一番。而热闹的结果,则是在这个高一(1)班里竟出现了六桌男女生混坐的同学!这在N中学的历史上真算是爆了一个大冷门,因为,一直以来,全校各班都是男生与男生、女生与女生"配对"的呢。一时间,这也就成了N中学校园里一条压倒一切的特大新闻。而且,这样的特大新闻还很快就冲出校园,在社会上不胫而走……

于是,那座位"安排"完毕的当天的晚自修时间,便先后有5位家长风风火火又慌慌张张地赶来学校,这样责问班主任施老师:"你们怎么可以这样安排学生的座位呢?你们不知道这样男女坐一起是很容易出事的吗?"

为此,校长也专门找了施老师,说:"这样做恐怕真的是很不合适的吧? 我们的学生都已经是高中生了,正处在所谓'情窦初开'的年龄,要是因此而生出什么是非来,我们怎么向家长交代,向社会交代呢?"

施老师便将眉头皱成了两个墨黑的结。

实际上,施老师也对此感到十分的意外和愕然。他真没想到"小撒"和她领导下的班委竟会"办"出如此出格的事来。他就把沙文英叫到了教室的走廊上,问她:"你怎么可以这样去安排座位呢?"

"这是经班委集体讨论后做出的决定呀。"沙文英回答。

"可你们考虑过这样的所谓安排可能会带来的不良后果吗? 大家毕竟都已经差不多是小伙子和大姑娘了,要是因为坐在一起而……"

施老师欲言又止,但沙文英已分明听出了施老师没有说出来的意思,于是她就这样接过了施老师的话头:"施老师您想,在轮船里、汽车中、火车上,大家不也是都不分男女坐的吗? 当然,您可能会说,我们这里是学校,你们是学生。不错,这里是学校,我们是学生,可为什么在学校里、在学生间,就非要去人为地划那样一条属于禁区的'三八线',挖那样一条不可逾越的鸿沟,砌那样一堵不能推倒的墙头呢? 我曾经在报纸上看到过一篇文章,说是有一位美国的心理学家,经过多年的研究后发现,男女同学坐一起,实际上还能有效地促进双方的学习,同时能增强同学间的相互理解和相互信任呢。再说了,您所担心会发生的事,我知道我们学校以前就发生过,但我们学校以前不是一直不让男生女生做同桌的吗? 也就是说,那样的事如果会发生,事实上与是不是男女生做同桌是没有必然关系的,所以……"

沙文英还想继续说下去,但施老师用一个坚决的手势制止了她。说心里话,施老师也明白沙文英说的并不是全然没有道理的,可一想到校长和那几位家长所说的话,他不得不坚决又坚定地这样对沙文英说道:"不行! 那几桌男女生混坐的同学一定得把他们调开——办法也很简

单:就让那几个男生和男生坐一起、女生与女生坐一起便是了!"

"这……"

"就这样决定了,具体工作还是你去做吧。"

"不,我不去!"

"你……"沙文英的拒绝让施老师忍不住有些怒了。

但沙文英也同样有些怒了,只听她说了一句"你一定要我去做这样的工作,我不做这班长就是了",便将她那头发重重一甩,然后转身就走,头也不回。

四

当然,那句"我不做这班长就是了",无疑只是沙文英的气话罢了。哪有好不容易通过竞选当了总统的人,甘愿灰溜溜地退出"政治舞台"的呀?

不过,"座位事件"实在给了沙文英不小的打击,就像球迷骚乱事件曾经给了撒切尔夫人很大的打击一样。为此,好长一段时间里,沙文英都感到吃饭不香,睡觉不甜,做事没劲。但沙文英又到底是沙文英,到底是"小撒",她曾这样暗暗告诫过自己:无论如何,既然是自己要做这班长的,就应该把这班长做出个样子来!

沙文英的"班长样子",或者说是"小撒作风",在第二学期又得到了充分的显现。

第二学期开学不久便是三月份了。三月可是我们这个国度里传统的"文明礼貌月"。沙文英便决定借这个月的东风,好好整顿一下他们班在过去一学期中所存在着的卫生问题。为此,她专门召集了一次"内阁会议"。会上,她提出了她早就拟定好了的"四无"方案——教室里要做到无痰、无纸屑、无果壳、无其他杂物。同时,她还为确保这个方案的有效实施附加了一条"行政措施"：如有违反"四无"规定并经教育不改者，一律罚以打扫教室和包管区一周。

这一切自然在"内阁会议"上获得了一致通过。不过，正式实行起来，却又少不了麻烦。麻烦当然来自那些没有良好卫生习惯的同学，而尤以一位名叫章强的男同学最为顽固。章强，也就是在沙文英竞选班长时在底下称她为"女的"的那个人。他不仅卫生习惯不好，还很有点常常要故意捣蛋的味道。那天，沙文英将她的"四无"方案及"行政措施"向全班同学宣布以后，章强便又在下面不阴不阳地"作乱"道："口中之痰，哪有不吐之理？至于纸屑果壳之类，既不妨碍走路，又不影响上课，又何必如此痛而恨之呢？再说，倘若教室里总是清清爽爽的，那还要值日生做啥呀？"

有同学忍不住因章强这番不阴不阳的话而哄笑了起来。沙文英却如根本没听见那哄笑似的，只顾着两眼直视章强并这样强调："听着，如果有谁乐意一个人打扫教室和包管区，甚至是始终一个人打扫教室和包管区，那你当然是可以对班委的这个决定置之不理的！"

可章强显然是不那么容易被吓着或压倒的。就在这天下午放学前，他竟当着沙文英的面，将一张什么纸揉成了乒乓球的样子，然后就往课桌底下那么随手一扔。沙文英便要他立即捡起来。他倒也爽快，真的是马上就去捡起来了。只是，随即他又将这纸团向空中一抛，然后迅速飞起脚尖，将这纸团踢向教室门外，同时还怪叫一声："各位注意哦，射门，绝对马拉多纳级的！"

"你，我告诉你，如果你不去将这纸团捡起来放进废纸篓，这一周的教室和包管区打扫就归你了！"沙文英真是又气又火，就这样向章强大声宣布道。

章强却自顾自背起书包，一边朝教室门外走去，一边这样回答沙文英道："哦，哥们儿我还得去球场上活动活动筋骨呢，所以呀这好事，就有劳大班长给代做了吧！"接着，见沙文英上来想拉他，章强又阴阳怪气地叫了这么一句："哎哟喂，男女授受不亲，这大庭广众又众目睽睽的，动手动脚可不好看哦……"

是可忍孰不可忍！于是，等章强在球场上活动完筋骨回家的时候，沙文英便暗中跟着他到了他家，然后向刚从厂里下班回来的章强的父亲一五一十地告了一状，结果，惹得那位五大三粗的父亲火冒三丈，一挥手便给了章强一个响响亮亮的耳光！

直到第二天，章强的脸上还隐隐约约留着他父亲的手指印。为此，章强这天一到学校，便在沙文英的座位上放了这样一张纸条："好你个'小撒'，哥们算服你了！！！"

从纸条上那三个大大的惊叹号中，当然可以看出章强对沙文英是多么的耿耿于怀。而沙文英如此这般的"小撒作风"，得罪的不仅有同学，还有老师。

那是一个星期三的上午。最后一节课是杨老师的数学课。这时候，下课的铃声已经响起，大家便合书的合书、插笔的插笔，纷纷做起了下课的准备。可杨老师却只顾着说道："请注意了，下面我再给大家补充讲一道习题。这道习题是去年高考试卷上的题目……"说着，杨老师就将事先准备好的一块小黑板挂了起来。

可就在这时，教室里却响起了身为班长的沙文英一声清清脆脆的口令："起立！"

在平时，这样的一声口令，是班长在要求全班同学集体向上完了课即将离开教室的老师表示敬意和谢意；而此时此刻，则分明是在对该下课了却还要讲什么习题的杨老师下"逐师令"呀！因此，面对着随那口令齐刷刷站立在自己面前的同学们，杨老师半天说不出话来……

事后，虽然沙文英特地去找了杨老师，还很有诚意地向她这样解释："杨老师，我真的不是有意要为难你。但你应该也知道，同学们最反感的就是老师的拖堂,更不要说是肚子都已经饿了的最后一节课的拖堂了……"但杨老师实在听不进去这样的解释,过了很久后,她还在跟班主任施老师这样抱怨和感慨:"唉,你们班的那个'小撒'呀,真的是太'小撒'了……"

五

秋去冬来,冬去春来,春去夏来……就这样,一个学年便既漫长又匆匆地结束了。

我要讲的这个故事也该结束了。当然,我知道你一定还很想知道沙文英在这一个学年中还做过别的什么很"小撒"的事。沙文英当然是还做了许许多多很"小撒"的事的,只是,抱歉得很,限于我的时间,也限于你的时间,还限于愿意给我发表这个故事的书的篇幅,我就只能讲这些了。不过,我也还是很乐意在结束我的讲述前再作点必要的补充。

学年结束时,在N中学校门口的那个装了玻璃门的布告橱里,用大红纸公布了高一(1)班为本学年全校文明标兵班,作为高一(1)班主任的施老师则是理所当然的全校模范班主任。与此同时,布告橱里还公布了本学年全校的"三好学生"名单。只是,在那串长长的名单里,无论你怎样去找,就是没法找到沙文英的名字。你可能会因此感到很是意外吧?你可能会因此而替沙文英觉得不平吧?你甚至可能会因此而去找校长或施老师质问为什么吧?那么,你得到的回答将是:"这是学校经过慎重考虑以后做出的决定。至于一个同学能否被评上'三好学生',那是由方方面面的因素决定的,你可不能只知道感情用事!"

是啊,你真的可能是感情用事了。就连沙文英自己也对此很是感情用事呢——她为自己没被评上"三好学生",而当着全班同学的面痛痛快快地哭了一场,一直哭肿了眼睛。但紧接着学校就放暑假了。

沙文英呢，便带着她那哭肿了的眼睛，骑上她平时上学用的那辆自行车，下乡卖棒冰去了。她说，这样既能赚到下学年的学费，又可接触到更广阔的生活……

哦，不知你可曾吃过绰号为"小撒"的沙文英卖的棒冰？它甜甜的，又凉凉的，就仿佛是现实生活的凝重的结晶。

第四辑

风雨中这点痛算什么

山　根

　　山根怎么也不会想到,这座让他翻了一整天的大山、又坐了差不多同样一整天的汽车才来到的城市,迎接他的,竟是一场熊熊大火!

　　好不容易才上完了初中却怎么也没法再去读高中的山根,是满怀着向往、希望和信念,同时瞒着自己的爹娘,只身悄然来到这座城市的。他的计划,是先在城里找份活干,然后就边干活边自学高中的课程,三年后去考大学。

　　不过,此时此刻,面对着就在汽车站出口处不远的那幢浓烟滚滚的大楼,山根却早已将自己的计划忘得一干二净。

　　现在的山根,耳边只是一个劲地在响着他在家时常能听人念叨的那句山里人的俗语:见火不救不是人!

　　因此,尽管山根心里一时间很为身前身后那些陌生的城里人感到纳闷、疑惑甚至是气愤,他们怎么只顾着在嘴上叫喊"快打119!快打119",却谁也没有动手去救火呀?而他则是毫不犹疑地挤出人群,直朝那滚滚浓烟冲了过去……

　　不过,就在快要接近那幢失火的大楼的时候,山根又返身跑了回来。

　　山根想到自己手里还拎着装有日记本、书籍和几件替换衣服的提包,拎着这提包怎么去救火呀?

于是,山根就将这提包朝离他最近处的一个戴着眼镜的老人手里一塞,同时说了声"请帮我拿一下",就又转身向那幢浓烟滚滚的大楼跑去了。

身后,山根听见那老人在喊:"小伙子,危险,千万小心哟!"

山根便头也不回地回答道:"啥危险,见火不救不是人呢……"

就这样,山根已冲进那幢浓烟滚滚的大楼。差不多与此同时,随着"呜哇,呜哇"的警笛声,消防队也赶到了……

这之后,那幢大楼的火终于被扑灭了,山根却躺在了医院里。

山根是在火灾发生后的第二天上午才睁开眼睛来的。

见自己的眼前已不再有滚滚浓烟而是一片洁白,山根忽然想起了自己那装有日记本、书籍和几件替换衣服的提包,于是他便喃喃着自言自语道:"我的包,我的包呢?"

这时,在山根的病床前已守护了十多了小时的那个戴着眼镜的老人,就一边将那提包递到了山根的眼前,一边对山根说道:"小伙子,你放心,你的提包在这儿呢。"

老人接着又对山根说道:"我说小伙子呀,你也实在是太莽撞了点呢,那么大的火,要是……不过,小伙子,你又实在是太让我感动了……"

然后,老人就拉着山根那只缠满了绷带的手,告诉山根:"小伙子,请原谅我已翻看过你的提包了。对啦,你不是想来城里读书的吗?你就到我的学校里来读吧!"

"不,我没钱交学费,我是想边打工边自学呢。"山根回答。

这时,那老人就眼眶潮潮地边使劲摇着山根的那只手,边说:"不,你不用交学费!我不要你交学费!我也不许你去打工!因为,我的学校即使是只招收到一个像你这样的学生,也已经很值得我把它办起来了!"

原来,这位老人是来汽车站附近为自己那即将开学的民办高中做招生宣传的校长。

英雄本色

做一个轰轰烈烈的英雄,曾是唐益群梦寐以求的理想。

这显然跟唐益群当年所处的时代有关。唐益群懂事在那个英雄主义被最广泛宣传的年代,那时候,你几乎随时随地都可以听到和看到诸如董存瑞、黄继光、邱少云等能令你热血沸腾的英雄的名字及其事迹。因此,唐益群上小学后写的第一篇作文的题目,便是《我要做英雄》,而且,直到高中毕业考试时的那篇《我的理想》的命题作文中,唐益群依然这样情真意切地写道:"理想!哦,朋友,请让我告诉你我的理想是什么吧。我的理想,就是要做一个'生的伟大,死的光荣'的人;我的理想,就是要让自己的名字和英雄的名字连在一起;我的理想,就是要……"

唐益群是这样说的,同时,他还以他那从小学到中学年年都被评上"三好学生"的实际行动,一步一个脚印地朝着自己的理想目标前进着。许多人都说:"嗨,看来益群这孩子还真会有出息呢!"

唐益群当然更相信自己的理想不是梦。

然而,许多年过去后,唐益群却只是从孩子变成了孩子的父亲,如此而已。而且,唐益群还根本不是个好父亲,因为他时不时会喝得醉醺醺的,然后就要么是家里百事不管地蒙头大睡,要么是瞪着血血红的眼睛大声地骂人,有时候甚至还会借着酒兴去小赌一把……

当然，唐益群不可能是一开始就这样的。事实上，高中毕业后，唐益群虽然没能读上大学，但他的志向依旧。只是，也说不清是从哪一天起的，唐益群那志向竟成了别人讥笑和嘲讽的对象："英雄？有钱才是英雄，没钱你就只配做狗熊呢，哈哈哈！""理想？你还是省省吧！这年头，吃喝玩乐才是硬道理，有后台、有靠山便有一切，所以，今朝有酒今朝醉就是最好的理想……"

还有更直接地打击唐益群的。那一年，唐益群处了个自己满意对方也乐意的对象，但对方的家长竟将他的正直看作了窝囊，结果便以他是个"十足的大傻瓜"为由，硬生生地活埋了他的初恋。还有，那一回，单位里分房子，按有关条件，唐益群是无论如何都能分到的，可最终公布的分到房子的名单中，却怎么也找不着他的名字，唐益群就去问领导原因，没想到领导在嗯嗯啊啊了一阵之后，居然顾左右而言他地跟他说了这样一番话："你呀，条件确实是算不错的，只是……只是识时务者才是俊杰呀！"而唐益群第一次将自己用那种名叫酒的液体给灌得酩酊大醉，则是因为这天他下班回家的路上，见一辆小轿车在撞倒了一位老太太后飞也似的当场逃走了，而且在场的人也都一副事不关己高高挂起的样子，于是他就满怀着气愤，不假思索地抱起那老太太直奔医院，但他怎么也想不到的是，事后赶来医院的那老太太的子女，竟一口咬定他便是肇事者，他们还振振有词地说："不是你撞的是谁撞的？否则你会送我妈来医院？你想装雷锋？告诉你，雷锋早死了，你骗得了别人骗不了我们……"

"是啊，雷锋早死了，我怎么就没想到呢？"于是，那天晚上，还从来没有尝过酒滋味的唐益群，在将一瓶白酒一口气倒进肚子后，便像当年鲁迅笔下的祥林嫂似的不停地嘀咕着这样一句话……

看着唐益群那一天比一天消沉、一天比一天颓唐的样子，人们就纷纷对他摇起了头来，说："唉，看来这唐益群是完了，真的是完了，彻彻底底地完了!"

但是,就在前不久,被人认定是"彻彻底底地完了"的唐益群,却做出了一件实在算得上是惊天动地的事情。

这天傍晚,因为在吃晚饭时受了老婆的气,原因是读小学三年级的儿子边吃饭边说他的一个同学的爸爸是局长,每天都用小轿车接送他那同学,唐益群却对儿子说那没什么光荣的,老婆于是便讥笑唐益群"就你这样窝窝囊囊的最光荣",唐益群就准备找个地方喝酒去。在路过公园门口时,唐益群看到有几个小流氓正在调戏一个女孩子,于是,就像当初看到那被小轿车撞倒的老太太时一样,他又满怀着气愤不假思索地冲了上去,结果,那几个小流氓便朝他挥起了刀子⋯⋯

唐益群被送进医院时已经没有了所有的生命迹象。他身上一共被刺了9刀,其中有一刀直接刺穿了他的心脏。

唐益群便成了当之无愧的见义勇为的英雄。

不过,当地报纸上原本已预留了很大又很重要的版面的那篇关于唐益群英雄事迹的报道,最终却并没有见报。因为,记者在采访的过程中发现,这唐益群原来是个时不时会酗酒、有时候甚至还会去赌博的人呢。这样的一个人,虽然他死得确实是十分的英雄,可那"英雄本色"又在哪儿呢?而大张旗鼓地去宣传一个并无"英雄本色"可言,倒是随随便便就可以从他身上找出来一大堆的不是来的人,又怎么能够起到诸如教育人、鼓舞人的作用呢?

有人甚至还在私下里疑窦丛生:唐益群真的会那么英雄吗?他又怎么可能会那么英雄呢?他会不会是喝醉了酒之后跟小流氓打架而被刺死的呢?

也就在这时候,有一个白发苍苍的人将他写的一篇题为《英雄本色》的文章送到了报社。这是一篇纪念唐益群的文章,文章中这样写道:"因为曾经深深地受到过诸如董存瑞、黄继光、邱少云等能令人热血沸腾的英雄人物及其事迹的感染与熏陶,因为曾经由衷地想着要像英雄一样去做人……这就是唐益群今天能成为英雄的最根本原因之所在,这就是唐益群的英雄本色!"

写这篇文章的那个白发苍苍的人,是唐益群的小学老师。

12 月 25 日

"今天是圣诞节吧!"

12月25日这天一上班,周先生便接连三次跟坐在他办公桌对面的小周说着同一句话。这让时刻都在想着今天这个圣诞节究竟该如何过法好的小周很是意外又很是纳闷。一直以来,老周最反感的事情之一,便是人们对所谓"洋节"的热衷,而对今年的这个圣诞节,老周怎么竟也和我们年轻人一样的放在心上呀?

小周不禁又想起了3年前的那个圣诞节。那天上班不久,小周他们办公室里的电话便响了。电话是周先生那正在读大二的女儿打来的。没想到的是,在接过小周递过去的电话听筒之后,周先生竟对专门打电话来祝他圣诞节快乐的女儿发开了脾气:"今天过圣诞节,明天过愚人节,后天过情人节就是快乐吗?!你知不知道只知道过别人的节日那是多大的悲哀?!你知不知道……"

当时,在一旁的小周真有些听不下去。老周呀老周,你也实在是太不改革开放了吧!

小周还很为周先生的女儿感到委屈。

不过,一想到周先生的女儿,小周又忽然感觉已找到了周先生在意今年的圣诞节的原因。就在今年暑假,周先生那大学学习成绩优异的女儿,被公派去了国外读研究生,所以……

小周于是就似笑非笑地问了周先生一句:"老周是想女儿了吧?"

其实,小周的潜台词是:老周你现在也知道所谓"洋节"的重要了吧?

但周先生并没回答小周的问话。

这时的周先生已坐到了电脑前。

没错,周先生是因为女儿在国外才会想到今天——12月25日——是圣诞节的。可周先生又还是原先的那个周先生,他并没有改变自己对"洋节"的态度。真的,周先生只是想利用这个圣诞节,再次告诉女儿自己的那种态度。

现在,周先生已想好了,他要在这个外国人的节日,通过电子邮件,给自己那身在外国的女儿送一件礼物——一个红红的、大大的中国结。

周先生便很利索地打开了他的电子邮箱。

没想到的是,周先生发现女儿已先他发来邮件,而且,这邮件的整个页面,便是一个红红的、大大的中国结!同时,女儿还附了这样的话:"祝亲爱的老爸圣诞节快乐!每逢佳节倍思亲,在满眼都是圣诞树上那七彩灯饰的灿烂光芒的时刻,女儿十分想念自己的亲人和自己成长的那片土地……"

此时此刻,周先生的双眼不禁潮湿了起来。于是,周先生就忍不住一边叫小周来看他所收到的女儿的电子邮件,一边迅速地这样回复女儿道:"祝我最最亲爱的女儿圣诞节快乐!"

外婆的澎湖湾

这些天中,我是越来越有点茶饭不思了,也越来越担心,担心自己会不会真的如母亲和班主任黄老师所说的那样是"完了"……

"完了"实在是很可怕的,不,简直是太可怕了!我想,哪怕是最最最勇敢,也就是那些所谓大无畏的人,要是他知道自己这回是"完了",那么,即使他表面上可能还会做出一副镇定自若或者是无动于衷一类的样子来,但在最真实的内心里,他肯定也会是不寒而栗的!

是的,一开始时的我,就绝对可以称得上是个大无畏的人。在发现母亲偷看了我的日记之后,我对她的抗议和谴责,完全用的是当年中国政府抗议和谴责美国轰炸我驻南斯拉夫大使馆一样的态度与口气。而当班主任黄老师接我母亲的小报告后把我叫去办公室批评时,我也不仅根本不以为然,反而还很是正气凛然地"教育"起了她来。我说:首先,你是老师,所以,你总该有点法律意识,总该知道无论是谁、又无论是偷看谁的日记,都是违法的吧!我还说:即使老师就是警察、就是法官,你也首先得尊重别人,当然包括尊重别人的心情与隐私!我又说……

总之是,我觉得我是既长缨在手又正义在握的。我一点也不认为我在前一段时间中不由自主地对吴亮亮产生并写进了自己日记里的那份朦胧而又浓郁的缠绵之情,有什么不对头。甚至,我还分明感到这样的一份情感便是刚踏进青春门槛的我收到的最最珍贵的礼物。不错,青春就是这样的美丽、这样的浪漫啊！退一步说吧,现在不都在要求人考虑问题时要学会逆向思维吗？所以,家长也好,老师也罢,你们越是拼了老命反对,越是看作洪水猛兽、妖魔鬼怪的东西,我就越是要百般的珍惜,越是要把它当成心肝宝贝、视为掌上明珠呢！

当然,我毕竟已经17岁了。

也就是说,到了这个年纪,我除了有火一样热烈的激情和有如雷霆般势不可挡的冲劲之外,我还多多少少懂了点诸如遇事还需要那么点冷静之类的道理。也正因为如此,一天晚上,在床上翻来覆去了几个小时,反正是在对母亲的"违法"举动和班主任黄老师的"狗抓耗子,多管闲事"骂也骂过、恨也恨过又哭也哭过、痛也痛过了之后,我忽然觉得心头一紧:他们(母亲和黄老师们)都那么如临大敌般的对待我的那份日记与感情,且是那么言之凿凿又痛心疾首地断言"叶子你要是继续这样执迷不悟下去,那你可就要完了"。难道我真会因此而"完了"吗？我又怎么会因此而"完了"呢？

我当然懂得"完了"的意思。我说过,"完了"是一件非常非常可怕的事情,即使你曾经是个天不怕地不怕的人。所以,看来我至少有必要弄清楚自己到底是不是会因此而"完了"。

不过,想从母亲或是黄老师那儿去弄清楚这一类问题显然是不可能的。他们只知道要么是脸像铁板一块要么是话如针尖一般,总之一句话,我在他们眼里差不多就是敌人跟仇人一个,所以只是会将事情越弄越复杂越弄越糟糕呢。因此……

因此我想到了我的外婆。

哦,外婆她不仅仅是这个世界上待我最好最好的人,而且她还是我从小至今最最能理解我、与我说话最最投机、也最最真正讲道理的人。长期以来,我有许多话与事不会对父亲讲也不会对母亲讲,但肯定会跟外婆说。而外婆呢,她老人家总是会先慈祥地微笑着听我把话说完,然后便同样慈祥地微笑着告诉我她对这件事或那个人的看法或做法……记得7岁那年,一天,我在跟几个小伙伴一起玩捉迷藏的游戏时,一不小心将邻居李叔叔家摆在屋前栏杆上的一个花盆给碰到地上摔碎了。我当时真是怕得要死,因为要是让父亲知道了就一定会打我的屁股,而母亲呢,则至少也会把我骂个狗血喷头的。当然,我便只好去跟外婆说这件事了。外婆于是一边摸着我的头,一边很是轻快地对我说道:你能把这事说出来,就说明我家叶子是个诚实的好孩子呢。没事,我们去买个新花盆陪给李叔叔家,你再跟李叔叔他们道个歉就是了。结果,李叔叔不但死活不要那新花盆,还一个劲地也摸着我的头夸我诚实懂事呢……

没错,现在这事,我也唯有去向外婆讨教不可了。

这不,外婆一如既往地朝着我慈祥地微笑着。然后,她甚至都不愿意去看我主动让她看的我那本日记,而只是与我7岁时的那一回一样,一边摸着我的头,一边很是轻快地对我说道:哦,这说明我家叶子真的是已经长大成人了呢。

外婆接着又道:其实,每个人都是这么过来的呢。

每个人?也包括外婆你?我马上问。我感到既意外又新鲜,既纳闷又好奇。

外婆于是说:自然也包括外婆我了。不过,我还是来说说你妈吧。

我妈?莫非我妈她也……

是的,她那时候实际上比你还小,才15岁,就跟……

噢,原来如此,我妈她这是不折不扣、标标准准、彻彻底底、百分之一千的对自己"自由主义"对别人"马列主义"呢!

不过,你妈她当时那个一天不见就要叫她连饭都吃不下的男孩,却并不是现在的你爸。也就是说,一方面,像你现在这样的年纪要产生你已经产生了的这种感情,是很正常的,还简直是理所当然的;另一方面,你现在这样的年纪到底还不是真正已经成熟了的年纪,所以,这时候的所谓感情又往往不是真正靠得住的,也不能算得上是真正意义上的那种感情,正因为如此,叶子你应该……

外婆说着,外婆还跟我说了好多好多的话。而实在是连我都要觉得奇怪的是,虽然外婆的有一些话其实便是母亲和黄老师他们早已经对我说过了的话,但我却到现在才听了进去。而且,外婆她事实上也并没有回答我那关于"完了"的问题,我甚至都没有提出来这个问题,可我在听完外婆讲的那些话后,却是觉得诸如此类的问题都已经迎刃而解了。

是的,我想我已经知道该怎样去收藏自己前一阶段的那份所谓"朦胧而又浓郁的缠绵之情",所谓我刚踏进青春的门槛时所收到的"最最珍贵的礼物"了。而在我犹如一下卸掉了原本背在身上的一个沉重的包袱,轻轻松松地从外婆那儿出来以后,在路上走着走着,不经意中,我忽然想起了一首本来一直以为它已显得太老了的校园歌曲……于是,又似在不经意中,我便忍不住轻快地哼唱了起来。

晚风轻拂澎湖湾 白浪逐沙滩
……

澎湖湾 澎湖湾
外婆的澎湖湾
有我许多的童年幻想
阳光 沙滩 海浪 仙人掌
还有一位老船长
……

倔强的女孩

春江中学高二（1）班的林小雅，在老师和同学的眼里，一直是个性格文静、态度温和的女孩。但就是这样一个可以用"乖乖女"去形容的女孩，不久前，却将春江中学那"一江春水"搅得沸沸扬扬、惊涛拍岸！

事情由一封信引起。

那当然是一封与林小雅有关的信。不过，在整个高二（1）班，林小雅其实属于那种"与世隔绝"式的人物，她平时是极少有信件往来的。大概正因为这样，在约莫着表弟的那封信应该要到了的这几天里，林小雅便显得十分激动，差不多天天要往学校的传达室跑上至少两趟。但林小雅每次都是白跑，传达室的王大爷总是这么回答她说："没有，没有你的信呢。"

这让林小雅非常失望也非常纳闷：这是怎么回事呀？表弟他怎么可以说话不算数呢？

林小雅的表弟林华华，在半个月前跟着他的父母亲转到南方的一所大城市去读书了，临走前，只比林小雅小一岁的表弟曾跟她拉过勾，说是到了那儿之后，他一定马上就给她来封信，告诉表姐自己看到的那所大城市是一所什么样的城市，要知道，那可是一所著名的开放城市！更重要的是，那还是一所林小雅向往已久并藏着内心秘密的城市：林小雅早

第四辑　风雨中这点痛算什么

想好了，一年以后自己考大学时，第一志愿就是去上那所城市的大学的文学系！所以，林小雅现在所等的，实际上不仅仅是一封信呢！

可表弟他……也就在林小雅等那封信等得几乎忍不住要骂起表弟来了的时候，班主任杨老师在这天放学后把她叫进了办公室。在办公室里，杨老师先是严肃地告诉林小雅，高二是整个高中阶段最重要的时期，在这一时期，一定要把全部的时间和精力都放在学习上，否则，后果将是不堪设想的。接着，杨老师就从她的办公桌抽屉里拿出来一封信，边交给林小雅边说："别人写给你的这封信我看过了，虽然这里面看不出来什么大的问题，但你还是应该……"

"杨老师你，你拿了我的信，还拆开来看了？你……"没等杨老师把话说完，林小雅便差不多是脱口叫了起来，然后，只见她血红着脸，双手紧捂着那封信，一头冲出了杨老师的办公室……

这之后，平时属于"两耳不闻窗外事，一心只读圣贤书"的林小雅终于得知：原来，自从进入高二以来，班里每个同学的每一封来信，差不多都是由杨老师"代收"的。对此，不少同学虽然都感到很不好受，但又只能哀叹说："唉，有什么办法呢，她可是班主任呀。再说，她应该也是为我们好吧。"

但林小雅并不这么认为，她说："就是为我们好，杨老师也不能这么做，她这么做是违法的，侵犯了我们的通信自由！"

也正是抱着这样的想法，第二天早自习前，虽然难免要犹豫了再犹豫，但自从做学生以来还从来不曾进过校长室大门的林小雅，还是去找了校长，跟校长说了自己的遭遇，同时希望校长能提醒杨老师，以后不要再"代收"学生的来信了。

可林小雅怎么也不会想到的是，在听了她的诉说之后，校长竟哈哈哈笑了起来，还一边笑一边说："你这位同学是不是把事情看得太严重了呀？更何况你们的杨老师这么做，完全是在关心你们，在对你们负责呢！"而且，到了这天的下午，显然是校长已跟杨老师说过此事，所以，杨老师便在全班同学面前采用不点名的点名的办法，转弯抹角又严厉尖刻地批了林小雅一顿，说："我总是好心得不到好报，大家可能不知道吧，刚才有人在校长那儿告了我一状，还说我是在做违法的事！我真不知道那位同学是不是不知道天有多高地有多厚？我倒是觉得，那位同学可真有点儿无法无天的味道呢！"

如果说，林小雅本来对杨老师"代收"她的信只不过是有些不满的话，那么，在听了杨老师的这一番话之后，她则是忍不住要愤怒了，到底是谁在无法无天？从国家的根本大法《宪法》到《青少年保护条例》，都明确规定谁也无权侵犯一个人的通信自由，难道你杨老师可以凌驾于法律之上吗？！这实在是有点是可忍孰不可忍啊！

于是，在暗自流了两天的泪之后，一直以来都是性格文静、态度温和的林小雅，便终于做出了一个几乎叫所有人都为之震惊的决定：她将自己写的一纸诉状交给了法庭，她要为自己，也为班里的其他同学讨个说法！

这当然便成了当地的一条"特大新闻"：当地的报纸上、电视里，很快都对林小雅的举动作了十分引人注目的报道。咳，这世上的事情呀，有时候虽然是大事化小为好，但有时候却又实在是弄得愈大愈好呢。这不？在林小雅把杨老师告上了法庭之后，原本对这件事一点也不以为然的校长和杨老师，竟一起上门找到林小雅，先是很诚恳地向林小雅道了歉，然后跟林小雅提出要求，希望这件事能在庭外协商解决。这当然也是林小雅所希望的。林小雅之所以要这么做，无非是想要杨老师以后不再"代收"同学们的信嘛。所以，在杨老师答应将就自己私拆学生信件的事，向全班同学公开道歉之后，林小雅便向法庭收回了自己的诉状……

现在，问题已经算是圆满解决，故事也该结束了吧？可惜没有。就

在春江中学那"一江春水"总算又恢复了平静没几天,一方面是林小雅发现学校里的老师如今都对她有点"敬而远之"了,另一方面,则有人直接来找到她的父母,说:"你家女儿毕竟已跟学校的老师和领导有了隔阂,仍旧在这所学校里读书,恐怕对大家都不会有好处,所以,你们还是将她转到别的学校去读吧!"

林小雅的父母和林小雅自己想想,倒也确实是这么个道理,于是,他们便托人联系了一所学校。一开始,那所学校的领导满口好好好地答应了,可当听到要转来的原来是林小雅之后,那领导便又变了卦,说:"是她呀!哦,别的人我们都可以接收,她却不大敢接收。你想想,这样一个敢把班主任给告上法庭的学生,哪个老师会愿意将她放在自己的班里呀!"

就这样,虽然此后又有朋友啦亲戚啦出面替林小雅联系过多所学校,但结果都是一样的,没有一所学校愿意接收林小雅转过去。

于是,原本就对女儿告班主任的举动持反对意见的林小雅的父母,便将气一股脑儿全出在了林小雅的身上,他们对林小雅说道:"反正是好汉做事好汉当,现在没一所学校要你,你也就干脆不要读那劳什子书了吧!"

当时,林小雅虽说是失望和伤心得泪流满面,并把眼睛都哭成了水葡萄的模样,但一气之下,她也真的是想还是不要再把那书读下去算了,她甚至还当着她父母的面,把自己那些书全都哗啦哗啦地撕了个稀巴烂……

但这又不过是一时之气罢了。要知道,林小雅实际上是那种把读书看得比什么还要重的女孩呢。因此,在将自己的书都撕掉了之后,望着那一地的碎纸片,林小雅的眼泪,就更是像断了线的珠子似的,一串串啪嗒啪嗒地掉个不停,然后,她便怀着黛玉葬花一般的心情,将那些碎纸片一张一张地从地上捡起来,又重新放进自己的书包……

这之后，看来父母是当真不准备自己的女儿再继续读书了，他们竟托人给林小雅找好了一份临时工的工作，说："反正这书就是能读下去也没多大意思，你还是去……"

"我不去！"父母的话还没说完，林小雅便很是干脆和坚决地回答道。

"不去？你……好，有本事，你就再到学校去读书吧！"

父母本来就对林小雅窝着一肚子的气，现在又看到她这么倔头犟脑的，自然便气不打一处来，他们甚至还这样对她说道："反正你已经差不多是个女强人了，你的事，我们以后再也不管了！"

这么说完，父母就气咻咻火凛凛地进了自己的房间，还"砰"的一声关上了房门。

那时候，林小雅的心里实在是难受极了。她没想到父母竟是这样的不理解自己。她就也恨恨地关上了自己的房门，而且还让那一声"砰"发得更响！

接着，林小雅一天没有吃饭，也没有出过自己的房间。

到了第二天吃中饭的时候，父母毕竟是父母，他们见林小雅还不出来，就一起叫起了她来，让她快点出来吃饭，林小雅的母亲还带了哭腔在门外向女儿道起了歉来，说："小雅，昨天，我和你爸对你态度不好，你就别再怪我们了吧。"

但林小雅的房间里没有半点声音，而当父母推开门之后，他们不禁大吃了一惊——林小雅根本就不在房间里！而且，他们又很快发现：女儿的书包，还有她平时穿的衣服，也都一起不见了！

林小雅的母亲便忍不住"哇"的一声先哭了起来。她知道女儿这是离家出走了！

确实，种种迹象都表明林小雅是离家出走了。但她会去哪儿呢？问她的同学，都说不知道；问附近的亲戚，也都说没来过；去这儿找，不见踪影;到那儿寻,毫无收获……

也就在父母急得走投无路,特别是母亲急得都快要死去活来的时候,林小雅却打来了电话,说她已到了表弟林华华的家里,她还说自己要在表弟所在的那座城市里继续读她的高中,然后就直接考那儿的大学。不过,对所上大学的具体志愿,她又有了新的计划,她在电话里这样说道:"我不准备再报考文学系了,而是要报考法律系!"

风雨中这点痛算什么

对王华英说来,3年前的那个周末,实在是太让她刻骨铭心了。

那本是个秋高气爽的周末,而且,那还是王华英进入县一中这所省一级重点高中后的第一个周末。因此,这天放学后,王华英是怀着那种既迫不及待又兴高采烈的心情跳上那辆从县城开往家乡的班车的。一路上,她还一边兴致勃勃地欣赏着车窗外那丰收在望的田野,一边不由自主地哼起了那首自己非常喜欢的《摇太阳》来。

……
　　我们一起来摇呀摇太阳
　　不要错过那好时光
　　心儿随着晨风在蓝天上飞翔

太阳下是故乡
　　……

　　然而,在王华英到了家里之后,她那原本"在蓝天上飞翔"的心儿,却一下便跌落到了结结实实的地上,而且是跌得好疼好疼。她怎么也不会想到,在家里等待和迎接她的,竟是一个悲剧,一个令她措手不及又欲哭无泪的悲剧!

　　原来,就在两天前,因赌博并在赌博的纷争中伤了人,王华英的父亲被派出所抓了进去,她的母亲,则在一气又一急之下突然得了中风,现在正浑身动弹不得地躺在床上……

　　"妈,你怎么不早点把这事告诉我呀?"半跪在母亲的床前,王华英哽咽着问她的母亲。

　　满脸泪痕的母亲却有气无力地说:"英英,你回来作啥,你还是……还是当什么都不知道,快回到学校去,好好读你的书吧……"

　　此时此刻,此情此景,王华英终于怎么也无法控制自己的情感了,双手紧紧地搂着母亲那动弹不得的身体,呜呜呜失声痛哭了起来……

　　然后,县一中的老师,便非常痛惜地再也见不着那个圆脸短发,平时虽然不大有声响,却已经在开学后短短一周的时间里便以自己的刻苦勤奋赢得了大家好感的王华英了。

　　但王华英并不是失学了。不,除了躺在床上的母亲不会同意女儿离开学校之外,王华英自己也是决不愿轻易跟她所深深喜爱的书本告别的。当然,王华英又是绝对不能按她母亲说的那样"当什么都不知道,快回到学校去,好好读你的书"的。这天,在搂着母亲痛哭了好长好长的时间之后,王华英便一边擦着眼泪,一边毅然做出了这样的决定:她要将自己的学籍从县一中转到附近的乡中学里来,然后边读书边照看好母亲,照看好这个已经支离破碎的家!

事实上,对王华英来说,做出这样的决定的过程,可根本不像我们现在所说说的那样简单和轻松。要知道,为了能考上县一中这所人人向往的省一级重点中学,在整个初中阶段,王华英不知付出了多少的努力和艰辛!而现在,这份确确实实是来之不易的重点中学学生的光荣,就将在一念之间彻底离自己而去,自己从此将在属于"第三世界"的乡中学里,与那些成绩跟自己差着好大好大距离的初中同学继续做同学,这实在不是件让人轻易就能接受的事情啊!甚至,王华英在她进行那种痛苦抉择的时候,还不由得生出了那种"早知今日,何必当初"的感觉来。

　　不过,王华英又至今都没有后悔自己的那个决定。因为她觉得,对于躺在床上的母亲,对于那个支离破碎的家,也包括对于后来被判处了5年有期徒刑的父亲,她都有一种责任和义务;至于在什么样的学校读书和在什么样的学校才能读好书,这除了确实存在着明显的不同之外,王华英也越来越相信这样一点:关键是看你自己,看你是怎样对待读书的!

　　虽然连古人都说鱼和熊掌是无法兼得的,王华英却准备两头都不放弃,而且要尽自己最大的努力把两头的事情都做好。

　　当然,这更是说起来容易做起来难了。

　　中风的母亲吃喝拉撒全都无法自己料理,为此,王华英每天至少得在母亲身上花去两个小时的时间,而且,这每天两个小时的时间里她所要付出的辛苦劳累和所要体验的酸甜苦辣,实在是不曾有过如此这般经历的人所根本无法知道其中的滋味的,更何况王华英毕竟还只有17岁,毕竟是个在此之前因为要读书而连平常的家务也不大做的文弱女孩。记得第一次动手给大小便失禁的母亲擦身时,虽然王华英在感情上是那样的怜惜自己的母亲、疼爱自己的母亲,但那股浓重又刺鼻的气味,还是让她忍不住"哇"的一下吐了起来……

　　还有身为犯人的父亲带给王华英的那种沉重的精神压力和负担。有人会指着她的后背,说她就是那个不但赌博还拿刀子捅人、现在正在吃"钵头饭"(蹲监狱)的人的女儿,这当然是在所难免的。而更令王华英痛苦和难受的,是初中时跟她同桌、现在又因她的转学回来而再次同班的一个原本十分要好的同学,在一次问她一道数学题的解法,她由于真的还没来得及做出来所以并没有给对方答案时,那个同学竟当着很多人的面,铁青了脸说她道:"摆什么臭架子,还不是个劳改犯的女儿……"

还有这读书。且不说那五味俱全的家务与沉重的精神压力和负担对读书的影响,光是这读书的环境与条件,乡中学跟县一中到底是没法相提并论的。不知有多少次,坐在那不是窗玻璃碎了就是日光灯坏了的教室里,听着老师那方言味十足的讲课声,王华英便不由自主地要想起自己那尽管只有短短一周时间的县一中学生生活的往事来……

还有……还有的事情太多了。一切的一切形成了飕飕的风,组成了密密的雨,猛烈又无情地吹打着17岁的女孩王华英,同时严峻地考验着王华英的毅力、意志、情感和信念。

真的,王华英哭过,不知哭了多少回,而且是每一回都把自己哭成了泪人;王华英也怨过,怨她的父亲,怨自己的命苦,怨天地之大却有一只无形且无可抗拒的手硬把她给塞在了那么个满是苦难和艰辛的窄小空间中……

不过,哭完了,怨过后,王华英还是挺起了她那17岁的稚嫩腰板,迎着那飕飕的风和密密的雨,勇敢地走着自己的路。

对王华英说来,照看好躺在床上的母亲和搞好自己的学习,是她的两件头等大事。为使这两件大事都不耽误,王华英总是每天天没亮就要起床,每晚要到实在是无法熬下去了才睡觉。而对于每天要做的事情,她总是先一一地计划好,排列好,然后就一一地去完成。她还渐渐地学会了边烧饭边做作业,或者是边陪母亲边背书,甚至是上学路上一边走一边预习或复习功课……

这同时,王华英也并没有忘记她那正在狱中的父亲。虽然,王华英在某种程度上是那样的恨她的父亲,但她又差不多每一个月都要给自己的父亲写一封信,告诉他母亲的病况,要他好好接受教育和改造。王华英的一封信,还被她父亲所在的监狱当作家属给犯人的公开信,在犯人们集中学习时用广播向大家宣读。王华英在信中这样告诉她爸爸:

……爸爸,过去的事情属于过去,只要你能真心跟过去告别,牢牢地记住过去留下的深刻教训,真正的重新做人,病中的妈妈就会原谅你,失去了很多的女儿我也将不再怪你,而且,也只有你这样,病中的妈妈才会感到安慰,失去了很多的女儿我才会觉得宽心……

一个星期天,县一中的几个同学来看望王华英,他们在看过了王华英一天的生活过程之后,便情不自禁地给她唱起了一首叫作《真情永远伴着你》的歌来。

……
苦无怨
累无怨
只为真情化春雨
天易老
情难了
真情永远伴着你
……

对此,作为回答,王华英给她的同学轻声哼起了自己非常喜欢的另外一首歌来。

听见水手说

他说风雨中

这点痛算什么

擦干泪

不要怕

只要我们还有梦

……

是的,这首歌的名字叫《水手》。

是的,在生活的风风雨雨中,王华英已由一个文弱的 17 岁女孩,变成了一个如郑智化所歌唱的"勇敢的水手"……

就这样,近 3 年的时间缓慢又飞快地过去了。

如今,令王华英和所有关心她的人都可以宽心的是:王华英母亲的病情已有了很大的好转,她现在已经可以自己下床,并能基本料理自己的生活了;由于表现好,而且还在一次山洪暴发中奋不顾身地抢救监狱的财产,王华英的父亲被减了两年的刑,再过 3 个月就可以出狱了;虽然乡中学的总体教育质量跟县一中有着不小的差距,但王华英的学习成绩却依然不错,不仅在现在的同学中名列前茅,而且就是跟县一中的那些同学比也不相上下……

因此,面对即将到来的高考,王华英不少在县一中读书的同学都这样跟她说道:"嗨,加油!我们在高中里没法做长时间的同学,就让我们到大学中去弥补吧……"

聪明的笨蛋

四年级一班的牛牛,是出了名的笨蛋。每次考试,他的成绩总是倒数第一;遇到老师上课提问,他站起来后也常是红着面孔干瞪眼,一问三不知。班里的同学自然就有些看不起牛牛。他们在相互闲谈时便老要有意无意地说到牛牛的笨。

其实,对于自己的笨,牛牛也是有自知之明的。因此,当班里搞起课外兴趣小组活动后,牛牛思来想去,便只有报名参加摄影小组了。他清楚,别的那些组,如数学奥林匹克组,如作家摇篮文学组,如美术组,如音乐组,都是要靠聪明作后盾的,没有好成绩的基础,在那些组里便只有继续让人叫笨蛋的份儿。但摄影有些不同,只要手里拿着架傻瓜相机,总是能拍出些照片来的,而且照片拍得是好是坏,也不像解一道题那样容易评出个高分或低分来的。

不过,对于牛牛报名参加摄影兴趣小组,还是有同学要讥笑他:"要是像你这么笨的人也能成为摄影家,这地球早被摄影家给挤破了呢!"

听了这些难听的话,牛牛心里当然是很不好受的。但牛牛参加摄影组的决定并没有改变。而且,在参加摄影组后,尽管在学校的课外活动成果展览橱窗里一次也没有挂出过他拍的照片,但每次摄影小组活动的时候,他却总会脖子上挂着那架傻瓜相机,这儿瞧瞧,"咔嚓",那儿望望,

"咔嚓",像模像样,一丝不苟。

这天是星期三。星期三放学后是全校各课外兴趣小组活动的时间。指导老师将摄影组的全体学生召集起来后,便给大家布置这次活动的任务:新闻摄影比赛。也就是要求大家走出校园,各自去将发生在大街上或商店里的那些带有新闻性质的镜头拍下来,看谁拍得最真实,最有新闻性。指导老师还特别关照牛牛说:"你就不要参加这次比赛了,你还是回家去继续练习静物摄影吧。"原来,上一次活动时搞的就是静物摄影,指导老师对别的同学交上去的照片都多多少少讲了些好话,可就是对牛牛的几张说得一无是处。这回,指导老师的话虽然不算难听,但意思却最明显不过了:你牛牛是肯定拍不出像样的新闻照片来的!

这以后,摄影组的同学都叽叽喳喳嘻嘻哈哈地上街了,牛牛却只能背着自己的相机,独自一人跳上公共汽车回家去。不用说,牛牛心里是很难过的。但他倒不是在怨指导老师。恨只恨自己确实太笨,为什么在这看起来并不怎么容易分出高低的摄影组里,自己的成绩也总是倒数第一名呢。

公共汽车里人碰人,人挤人。多亏牛牛人小,上去后往人缝里那么一钻,便站住了脚。他在靠近窗口的地方找到了自己的立足之地。然后,他就一边玩弄着自己手里的傻瓜相机,一边想着回家后如何去拍出几张像样些的静物照片来。

忽然,当牛牛在汽车启动时的那种惯性的后仰里抬起头时,竟清清楚楚地看见自己前面的一个穿体恤衫的青年的手,正在往一位抱着孩子的阿姨的口袋里伸!

小偷,在这一刹那,牛牛差点儿要这么喊出声来。但他又很快闭紧了嘴巴。他想,我一喊,这小偷肯定会停止作案,这样就没了凭据,而无凭无据,就不好将他抓起来了,他不是照样可以去另外的车上行窃吗?

嗨,这时候的牛牛却显得非常的聪明呢。他觉得应该先得到真凭实据,然后再将这家伙抓到派出所去。

　　这样,牛牛就很自然地想到了自己手里的那个傻瓜相机。对,悄悄地把他摸别人皮夹的事拍在照片上!

　　于是,牛牛便轻轻按了快门,"咔嚓",那家伙摸到的皮夹还来不及放进自己的口袋,便让牛牛给永远记录下来了。

　　本来,这时的牛牛已准备将那声"抓小偷"喊出口来了。不过,他转眼又一想,不行,车里有那么多的人,要是这家伙是个亡命之徒,身上又藏着刀子什么的,如果他行起凶来,那不是会使好事变成坏事了吗?

　　牛牛便决定要想个巧妙的办法把这家伙送进派出所去。于是,牛牛的脑子快速地转起来。

　　这时,车刚好在一个车站停下了,那家伙因为"猎物"已经在手,就下车去了。牛牛见状,便立刻紧跟着他也下了车。

　　然后,牛牛就快步赶上前去,按照已经想好的办法,拉住了那家伙的衣角,说:"叔叔,去派出所怎么走呀?"

　　一听到"派出所"3个字,那家伙不禁浑身一震,马上转过头来,恶狠狠地一把打掉牛牛拉着他衣角的手,道:"不知道!你找死呀!"

　　这时的牛牛却装出了一副高兴的样子,说:"对对对,我要找史崖。史崖是我的伯伯,他在派出所当所长,叔叔你要是肯领我去见他,他一定会好好地谢你的。"

　　听了牛牛的话,那家伙显得很惊讶:什么,还有叫"死呀"的人?而且还是派出所的所长?

　　照理说,坏人是最怕与派出所的人打交道的。不过,现在的坏人都很狡猾,他们知道自己经常作案难免会有失手的时候,所以也很想拉些关系,要是在派出所有熟人,以后被抓住了,不就可以前脚进去后脚出来吗?

　　因此,那家伙的三角眼一转,心想,老子何不作个顺水人情,去跟那

"死呀"所长认识认识,日后也好给自己留条后路。再说,这傻小子又不会知道我刚摸过人家的皮夹。

就这样,怀着鬼胎的小偷与牛牛一起朝派出所走去了。一路上,小偷还向牛牛问这问那,希望能了解到那个"死呀"所长的更多情况,以便日后能充分利用。

然而,当他们刚进了派出所的大门,牛牛马上又一次拉住了那家伙的衣角,同时朝大门口的警察高喊起来:"抓住他!他是小偷!"

小偷像是听到了晴天霹雳一般地怔住了。但他已经根本没法逃跑了。两个警察已上来一人一边扭住了他。

当然,小偷还以为无凭无据,所以就口里一再叫着"冤枉"。可只见牛牛冷冷一笑,然后他就将自己的相机交给一位警察,说:"你们去把我的胶卷冲印出来就知道了,这家伙刚才在公共汽车上偷了一个阿姨的皮夹!"

后来的事情自然也就显得极其简单了,在那张尽管拍得不怎么清晰的照片面前,小偷只好低头认罪,而且,事情传到牛牛所在的学校后,摄影兴趣小组的指导老师还特地向派出所要去了牛牛拍的那张照片的底片,然后放大后印出来,挂在了学校课外活动成果展览橱窗里最显眼的地方。那照片的下面还有指导老师写的这样两行工工整整的字:

摄影兴趣小组新闻摄影比赛第一名

作者:四年级一班牛牛

自然,牛牛的同学也因此都对牛牛刮目相看了。这以后,虽然牛牛的考试成绩在班里并不见多大进步,上课发言也还会一问三不知,而且同学们显然也还改不了口,仍要将牛牛叫作笨蛋,不过,大家却往往是这么叫他了:喂,聪明的笨蛋!

快乐的小燕子

"燕燕，你过来。"燕燕放学回到家里，便被刚从城里回来的妈妈叫进了里屋，接着，妈妈就笑嘻嘻地将一盒包装得非常精致的酒心巧克力塞到了燕燕手里。

"哦，酒心巧克力！"燕燕忍不住高声叫了起来。她最爱吃酒心巧克力啦。

这时，妈妈却拉了拉燕燕的衣角，还用手指了指厨房，悄悄地说道："你轻点声嘛。"

燕燕于是就不作声了，拿在手里的那盒酒心巧克力，也连同她那颗8岁的心，一下子变得沉重了起来……

燕燕全家四口人：奶奶、爸爸、妈妈和她。因为爸爸在城里工作，所以，平时家里实际上只有她和妈妈、奶奶三口人。照理说，生活在这样的一个家庭里，燕燕该是很快乐的。可事实上，从燕燕懂事的那一天起，她便几乎没有过快乐的感觉。因为，因为妈妈和奶奶总是闹矛盾！

唉，要是在学校里，两个人有了矛盾，只要老师一做工作，便也什么事都没了。可家里没有老师。更让燕燕难过的是，妈妈和奶奶又都待燕燕很好很好。她们是可爱的妈妈和可爱的奶奶。但为什么可爱的妈妈和可爱的奶奶之间总要你不理我，我不睬你呢？

燕燕也曾经去学校的图书馆里借过一本名叫《十万个为什么》的书。据说，无论什么样的问题都是可以从那本书中找到答案的。但燕燕从书的第一页翻到最后一页,就是找不着她心目中那个为什么的答案。这使燕燕非常失望。她为此还偷偷地哭过三次。不过,燕燕也很清楚,哭是没有用的,重要的是要想办法帮助妈妈和奶奶把矛盾解开。

可又有什么好办法呢?燕燕低着头,出神地望着手中的那盒酒心巧克力,唉,妈妈呀妈妈,要是你也给奶奶买一盒酒心巧克力,那该有多好呵!

忽然,燕燕的眼珠子骨碌碌一转,同时眉毛往上一挑,然后她转身就朝外面走去。

燕燕来到了厨房,然后,她就将手中的那盒酒心巧克力往正在洗菜的奶奶怀中一塞,说:"奶奶,给你吃巧克力!"

"巧克力?哪儿来的呀?"

"是……是妈妈买给你的呢。"

"你妈妈?你妈妈买巧克力给我吃?"

"真的,奶奶。妈妈还说……说她有时对你态度真的不好……"

这番话当然是燕燕自己编出来的。也可能是因为自己这是在说谎的缘故吧,燕燕这样说着,便不由自主地流下了眼泪来。

这时的奶奶却被燕燕的话深深地感动了。只见她一下丢了手中的菜,一把将燕燕紧紧地搂进怀里,同时,她的脸上也淌着泪水,对燕燕说道:"好孩子,我的好孩子……哎,也怪我,怪我这个老太婆脾气太大,所以总是叫你妈受委屈……"

这一切,全让跟着燕燕来到厨房门口的妈妈听见了。起初,见燕燕将酒心巧克力给了奶奶,妈妈还有些很生气,特别是在听了燕燕编的那番话后,她更是有些恼火。然而,奶奶的一席话,却听得她低下了头……

于是……于是妈妈便情不自禁地跑进厨房,声音有些哽咽地对着奶奶叫了声:"妈……"

不用多说,这以后,燕燕的妈妈和奶奶就再也不像过去那样你不理我、我不睬你了,她们这个家,就真的成了一个温暖、和睦的家。而同样不用多说的是，生活在这样的一个家庭里，燕燕便总是快乐得像一只小燕子……

自己会滚的骷髅

我又让我娘给打了，还打得不轻，那两片屁股一挨上板凳就火辣辣的痛，连晚上睡觉都只能屁股朝天地趴在床上……这恨得我忍不住在心里又骂了一千遍一万遍的"老妖婆"！

娘打我，就因为我骂了一声"老妖婆"。当然，我绝不是在骂我娘"老妖婆"。不，我怎么能这样骂自己的娘呢？我骂的是村东头的王婆，这王婆可是个千真万确不折不扣名副其实的"老妖婆"呢！

哦，还是让我来告诉你我为什么要叫王婆"老妖婆"吧。

说起来，这王婆还跟我外婆家带着点儿亲戚关系，我应该叫她奶奶才是。实际上，我以前确实是一直叫她奶奶。但自从她开始装神弄鬼，成了村里的"王大仙"之后，我便再也不认她这个奶奶了。我觉得要是我继续叫她奶奶，那简直就是自己莫大的耻辱呢！

对啦，我今年已经 14 岁，马上就要小学毕业了。不用说，虽然我还不像那些中学生哥哥姐姐更不像那些大学生哥哥姐姐那样的有知识，但我是知道什么叫科学什么叫迷信的，王婆搞的那一套，百分之百是迷信嘛！要是她真能跟已经死了八百年的人说上话，国家早就会把她当成宝贝，接她到北京去了呢！可是，包括我娘在内的那些村里人就是不相信我。他们宁愿相信王婆是真的"王大仙",遇上芝麻绿豆大的一点小事,就会买了好吃的,或者干脆是送上个红包,然后便心甘情愿地去听王婆的胡说八道……更叫我气愤得没法容忍的,是那王婆最近又耍出了新的花招,她不知去从哪儿弄来了一个阴森森的骷髅,还是个放在地上自己会滚的骷髅,然后就说这骷髅是观世音菩萨在一天晚上亲手送给她这个"王大仙"的礼物,她通过这个自己会滚的骷髅,已不仅能跟死人说上话,还可以看出随便哪一个人是由什么东西变过来的。而且,她把她的这个"宝贝"亮出来后所做的第一件事,便是告诉我娘说我是由一只刺猬变成的,所以要我娘一定要把我管紧点,否则,我这只刺猬就不单单会去刺别人,还会将自己的爹呀娘呀都刺死!

你听听,王婆她这不是胡说八道又是什么呢?我就是在那种情况下忍不住脱口骂了她一声"老妖婆"的。我心里很清楚,王婆是因为我是全村最不相信她的人,所以才拿我来"开刀"的。她的目的是想杀一儆百。可我娘她居然鬼迷心窍,一点也不怀疑王婆的鬼话,她不仅在我骂了王婆后,拎起身边的一根门闩就噼里啪啦地将我的屁股当成了阶级敌人来打,还边打边对大声喊叫"冤枉"的我说:"你说'王大仙'是在瞎说,是迷信,那你倒给我说说看,'王大仙'的那个骷髅自己会滚是怎么回事?!"

这倒确实是个问题,王婆的那个骷髅为什么会放到地上后自己会滚的呢?此时此刻,屁股朝天趴在床上的我也很想弄明白这个问题。当然,我是决不会相信那骷髅真的是什么观世音菩萨送给王婆的礼物的。不,那骷髅里一定是有着什么鬼把戏的!我一定要把那鬼把戏戳穿!

这样想着,我便从床上爬了起来。反正是屁股痛得没法睡安稳,我还不如趁着这夜深人静,悄悄地钻到王婆的屋子里去看个究竟,就像警察叔叔破案那样呢。

这之后,我便很是顺当地进了王婆的房间。我们村里的人都知道,为了表明自己是个通神连鬼的"大仙",王婆一直以来都是晚上睡觉不关门的。这给我"破案"提供了相当便利的条件。而且,这天晚上,我还真的将那个"骷髅案"给破了……

于是,第二天,我便不动声色地主动拉了我娘,说是要去请"王大仙"再仔细看看我到底是不是由刺猬变来的。一路上,我又故意装出一副很怕自己是由刺猬变来的样子,从而把差不多是全村的人都吸引到了王婆的屋子里。对此,那王婆自然是十分的高兴,她还以为能借这个机会进一步扩大她那"大仙"的影响呢。接着,她就当着大家的面,从她床底下的一只纸板箱子里拿出来那个骷髅,然后半闭着眼睛,装模作样地一只手搂着那骷髅,另一只手摸着我的头,说道:"没错,你真的是一只刺猬变来的呀,不信你瞧,要是不是,它就不会自己滚动。"

这样说着,王婆便将她手中的那个骷髅放到了地上。

结果,这骷髅根本就没动。

"它没动呀!"有人忍不住脱口说道。

"咦,它怎么不动了呢?不可能,这不可能……"望着地上那个像是生了根一样的骷髅,王婆也不由得这样叫了起来,这同时,她便想用手去拨动那骷髅。

这时候,我却不紧不慢地从自己的裤子口袋里摸出来一只用线给拴着脚的大青蛙,对王婆道:"喏,能使这骷髅自己会滚的东西在这儿呢!"

见了这只青蛙,几秒钟前还是那样神气活现的王婆的脸,便唰的一下变白了,她的脸能不变白吗?这只青蛙,是我昨天晚上亲手从她的骷髅里捉出来的呢!

真的,骷髅自己会滚的秘密全在这只青蛙身上。这之后,我就当着手足无措的王婆的面,也是当着包括我娘在内的差不多是全村人的面,揭开了那骷髅上贴住一个大窟窿的一张一般人不大会注意到的胶布,然后将青蛙放进这窟窿,再用那胶布把这窟窿贴上,这样,那骷髅便由于里边的青蛙在不停地跳,而又自己在地上滚动了起来……

就这样,王婆从此之后便不再装神弄鬼了,见到我的时候,她还常常会不好意思地朝我笑笑。这样,我也就重新叫起不再是"王大仙"的王婆奶奶来了。至于我娘,呵呵,她自然是再也不打我屁股了。